感动真情系列

一生无法绕过的乡情

——感动小学生的100个家乡

◎总 主 编：刘海涛
◎本册主编：章叶英

九 州 出 版 社
JIUZHOUPRESS
全国百佳图书出版单位

图书在版编目(CIP)数据

感动小学生的100个家乡：一生无法绕过的乡情 /刘海涛主编. -北京：九州出版社，2006.2(2021.7 重印)

ISBN 978-7-80195-422-0

Ⅰ. 感… Ⅱ. 刘… Ⅲ. ①散文—作品集—世界 ②小品文—作品集—世界 ③随笔—作品集—世界 Ⅳ. I16

中国版本图书馆 CIP 数据核字(2005)第 151592 号

感动小学生的100个家乡：一生无法绕过的乡情

作　　者	刘海涛(总主编)　章叶英(本册主编)
出版发行	九州出版社
地　　址	北京市西城区阜外大街甲 35 号(100037)
发行电话	(010)68992190/2/3/5/6
网　　址	www.jiuzhoupress.com
电子信箱	jiuzhou@jiuzhoupress.com
印　　刷	北京一鑫印务有限责任公司
开　　本	787 毫米 × 960 毫米　16 开
印　　张	12.5
字　　数	198 千字
版　　次	2006 年 2 月第 1 版
印　　次	2021 年 7 月第 3 次印刷
书　　号	ISBN 978-7-80195-422-0
定　　价	32.00 元

目录

永远的故乡

梦回故园 …………………………………………………… 丛维熙 /2
梦回故乡 …………………………………………………… 周珂玮 /7
梦回江南 …………………………………………………… 阳纯洁 /10
梦归故乡 …………………………………………………… 赵京京 /14
明月夜 ………………………………………………… (台湾)席慕蓉 /17
夏天的剪影 ………………………………………………… 吴黛娜 /20
我的家在哪里 ……………………………………………… 冰　心 /22
想巷 ………………………………………………………… 许达然 /25
苦糖 ………………………………………………………… 莲　子 /29
远方 ………………………………………………………… 金永先 /31
卖牛 ……………………………………………………… 敖德斯尔 /34
月下鞭声 …………………………………………………… 张冠华 /39
记忆烘桶 …………………………………………………… 李华章 /43
明月曲 ……………………………………………………… 佚　名 /46
心中那片菜绿 ……………………………………………… 倪辉祥 /49

伸出墙头的梅花 …… 赵保林 /52
老家 …… 孙　犁 /55
寂静除夕夜 …… 梅朝霞 /58
徽州道上 …… 吴泰昌 /62
故乡的鸟 …… 汪曾祺 /65
故乡的农历新年 …… 琦　君 /68
家园是故乡 …… 杨新雨 /71

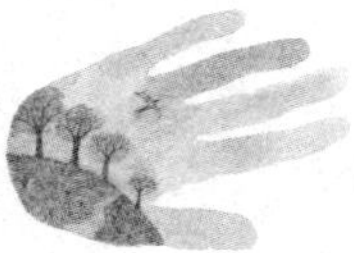

难忘那片白桦林

那片白桦林 …… 拜学英 /78
千里桃花相映红 …… 姚明红 /81
竹乡之恋 …… 张　瑞 /84
家乡的青竹 …… 佚　名 /87
故乡的芦苇 …… 樊发稼 /90
梦榕 …… 陈天宇 /94

故乡美食入梦来

故乡的杨梅 …… 鲁　彦 /100
留邻村枣 …… 王佻军 /105
江南乡菜 …… 黑　白 /108
红红的小辣椒 …… 吴泰昌 /112
瓜棚豆友 …… 农　妇 /117
"茶叶故乡"的故乡 …… 冰　心 /120

故乡山水藏在怀

天堂山水乙天下 …… 丁际顺 /124
我爱家乡的小河 …… 孙　锐 /127
家乡美，山和水 …… 刘　扬 /130
悠悠故乡河 …… 佚　名 /133
故乡的池塘 …… 王佻军 /137
水是故乡甜 …… 琦　君 /143
故乡的那座山 …… 程　远 /147
童年的小河 …… 富　莹 /150
故乡小河边 …… 佚　名 /154
故乡的桥 …… 艾　彤 /157
故乡的那条小路 …… 董　烈 /160
山坡与岸堤 …… (台湾)张腾蛟 /162

故乡日月故乡雨

故都的秋 …… 郁达夫 /166
夜 …… 佚　名 /169
故乡雨 …… 郭宏启 /171
故乡的雷雨声 …… [美]鲍勃·莫尔德 /174
我爱乡村的傍晚 …… 佚　名 /177
家乡的日落 …… 邓利波 /179
塘河的晚秋 …… 西　羽 /182
小镇 …… 佚　名 /185
小巷 …… 周晓东 /188
到石码去 …… 舒　婷 /190

永远的故乡

故乡是什么？故乡是一个个熟悉的身影，一声声亲切的乡音。故乡是梦中常出现的地方。人在旅途，前程漫漫，谁不想回到那魂牵梦绕的地方？但眼下，我们只是遥远的记忆与向往。

姑似乎不愿再听这已经长了青苔的蛮荒故事，她仰头凝视着大山顶上的蓝天。姑的头一动不动，那姿态可以定格成“天问”的屈子石雕。

梦回故园

◆文/丛维熙

梦牵魂系的巍巍青山，我回来了！

你还能分辨吗，站在我左侧的银发老人，是我八十三岁的老母；站在我右侧戴着遮阳镜的妇女，是从台湾来故里寻梦的小姑?!

你没显得苍老，山褶的年轮依旧如初。但是站在面前的三个来者，却被时间老人洗净了脸上的红颜，额上的皱纹深如你脚下的谷壑。岁月如刀，真是太无情了！

青山，你还记得吗，在四十多年以前，在你怀抱的回肠小路上，曾留下小姑和我奔跑的足音！小姑姑拉着我的手，对你吆喝：

“哎——”

“哎——”

“哎——”你也如是回答。

“你好——”

“你好——”你像鹦鹉学话。

“日头出山啦——”

“日头出山啦——”你学得分毫不差。

而今，那小马驹子一般撒欢的足音，已录进你大山的山褶，溶进了你宽敞的胸膛，镶嵌进了你不老的魂魄。

老母亲说："那时候我在山下呼喊你们吃饭，山也呼喊你们吃饭。"小姑姑说："过年节时我在山下放'二踢脚'，山也响起'叮——当——'的鞭炮声。山最有情，大山的心窝深处埋着我们许多童年的梦！"说着，她摘下太阳镜，凝视着你：从你的绿色头冠，一直看到褐色的山脚。之后，她眼睛盈出泪光，她把阔别了四十多年的相思，化成热泪，一滴滴融进脚下的乡土。

你依然巍巍而立，没有呼喊你时的回声，似乎你魂魄中的精灵，只会储藏记忆和反馈呼唤，而其他的情感信号，已在亿万年风霜雨雪的苦度中消逝。不然，你看见飘零于大海对岸的儿女归来，怎么会依然沉默?!

不，也许你太含蓄了。当亿万年前的沧海巨震时，你炽热的浆液拱出地壳，冷却成了大山；从此，你没了灼人的温热，没了热情而动人的堂堂仪表。对吗？

姑抚摸着山脚下的一块青石，说她在这块石头上坐过百次千次；姑又指点着一棵枯枝丫杈的老树，说她在这棵树下歇过阴凉。当时，它像她一样童贞。灰白色的树皮，是它的躯干；秋时叶片耀眼的黄，是它头上的金冠。姑说它曾是一棵小白桦树，而今，它的童贞也荡然无存。姑猜想，一定是夏天的雷电，剥去它的树皮，焚烧了它的霓裳，它才落得这般苍老凄凉。

我当时太小，不记得这棵树的童年故事，但我记得在这大山坳上有一片杨树，喜鹊和乌鸦都在杨树上筑巢，清晨时喜鹊叫，黄昏时乌鸦啼；喜神喳喳迎接日出，丧神呱呱催人关闭柴门，为了驱赶丧神噪叫，我和一群乡间的小伙伴，先用"弹弓"打乌鸦的窝，后又爬上杨树，拆除乌鸦搭在树杈上的巢穴。"像'文革'中查抄黑五类的家一样，真够残忍的。"我说，"世人偏爱喜鹊，可能是它只报喜不报忧吧！"

姑笑了，笑得甜中有苦。

妈说："'文革'中我就是被扫地出门的一只'黑乌鸦'，从北京押送回这大山崖崖。乡亲们都是庄稼人，庄稼人最明事理。他们说不能叫我受这么大的委屈，又把我送回北京去了。原因弄清楚了，因为儿子是流放改造的右派，我是劳改犯的母亲，应该轰出水晶城北京。”

姑似乎不愿再听这已经长了青苔的蛮荒故事，她仰头凝视着大山顶上的蓝天。姑的头一动不动，那姿态可以定格成“天问”的屈子石雕。我问姑在天上寻觅什么，她说故乡的天比台湾的蓝，云更比台湾的白。

我说：“这是乡情所致。”

姑摇摇头。

我又说：“这是久患乡思症的幻觉。”

她说是，又不完全是乡思症作怪，台湾工业密集，弹丸之地的小岛上，太多太多了粉雾烟尘，太少太少了天的湛蓝和云的洁白。

届时，适逢一只鸟儿从我们头上飞过。姑的目光追随着鸟儿的身影，把脖颈旋转成半弧；那专注而虔诚的神色，像是看到了外星人游弋太空的飞碟。只是在晴空中难见飞碟尾部的彩色光环。耳畔听到了鸟儿洒下的一串银铃般的歌：

“赶快布谷——”

“赶快布谷——”大山也跟鸟儿同唱。

姑雀跃得像个小小村姑，她摘起颈上的纱布，向鸟儿挥舞着：“故园的鸟儿，你好——”

“你好——”

“你好——”

姑的喊声和大山的回应鸾凤合鸣。沙沙的回音久久徘徊不去。

姑问我：“记得吗？”

“记得，那时候它唱‘赶快布谷’时，姑你总喊‘光棍好苦’！”

老母亲笑了。

小姑姑笑了。

我们面对乡土上的大山笑了。这一刻，时间仿佛倒流回去了半个世纪，我和小姑还只是在大山怀抱中嬉戏的顽童。我有些感慨，脱口而出：

“春天一去不回头。”

姑有些沉醉。她问：

“迎春何时插鬓头？”

大山无语，只是缄默地望着它孕育的儿女。大山有声，那是羊群中的小羊羔，在鸣叫声中寻母羊的乳头。

姑指点着大山深处，那儿万绿丛中有一缕艳红。我告诉小姑，那是山地用的小拖拉机；姑的眼神，又追向山环中闪烁着的一团流火。给姑解疑的是出现在我们身后的叔伯哥哥。他说，那是侄子骑的摩托。他一大早，就进山给姑采蘑菇、木耳去了。

姑凝视着那团在万绿中穿梭的流水，低吟道：“梦。我找到大山和我的梦了！”

巍巍青山情

◇赏析/莫茂芝

梦牵魂系的巍巍青山，是母亲、小姑和“我”追逐的梦。面对青山，三个“梦回故园”的游子一同站在故园的青山脚下，满腔热情地抒发了对故园的热爱之情。

这篇抒情味浓郁的散文，叙事、抒情、写景始终围绕故园不老的大山。老母亲、小姑和“我”以不同的身份，不同的角色，在特定的环境中睹物生情，回忆了旧时那难忘的一幕幕。“睹”物，便有周围景色的描写；因景生情，感情就自然地流露出来。作者将抒情、写景、叙事巧妙地相糅和，使得文中有画面，画面中有声音，使我们一边品读，脑中似乎就一边闪现出一个个令人难以忘却的电影镜头，仿佛随作者一同走进了他的故园。作者的思绪、故事从大山生发出来，发散开去，又被大山拉回。大山，就成了这篇文章的“魂”，成了作者情感迸发的源泉。

大山“太含蓄了”，面对三个寻梦的游子却默默无语。是它不懂游子的思乡之情么？不，你看大山深处“那万绿丛中的一缕艳红”，那“山环中闪烁着的一团流火”，不正向游子敞开了热烈的胸怀吗？作者“梦回故园”，并未只是把目光放在对过去琐事的追忆上。文章结尾通过对故园正发生的翻天覆地的变化，流露出一种对故乡、对祖国油然而生的豪迈之情。

不管是崎岖的山道，还是松软的河滩，都烙下了我童年的小脚印。无论是清澈的小溪，或是田野的埂道，都载不走我童年甜甜的歌谣。

梦回故乡

◆文/周珂玮

冥冥之中，千折百转，梦回江南。

袅娜地从记忆中走来的是家乡的一花一草，一树一木，一情一景。

不管是崎岖的山道，还是松软的河滩，都烙下了我童年的小脚印。无论是清澈的小溪，或是田野的埂道，都载不走我童年甜甜的歌谣。

家乡曲而窄的林间小路，调皮地闪躲于草丛之中，宛若十二三岁的小姑娘羞涩而又矜持的目光。家乡绿油油的水稻田，在迎风飘舞中也不失麦浪独具的风致。

家乡那石砌圆拱小桥之美更是无懈可击。万里碧空之下，有潺潺的溪水从桥下流过，有朵朵的白云从“拱圆”中穿过。在溪边洗衣的村姑们互相嬉闹着，洁白的水花在欢快的笑声中零落飞舞，宛如白蝶扑水。这似乎也感染了通灵性的小桥，桥影颤悠悠地晃着，晃碎了白云，晃动了树影，晃出了水乡人民无忧无虑的心境。

站在错落有致的村子里，远望是一片浅浅的河滩。那里便是我孩提时代的“伊甸园”。细嫩的柳条鞭儿是我钟爱的玩具，“过家家”是我喜欢的游戏。哼着小调，光着脚板，惬意地放纵着自己在草丛中打滚，在树林里疾跑。折腾累了，便用树丫子戳起馍馍来，在小火堆上煨着吃。那浓浓的香味，飘得好远好远……

在山野生活中，我最爱山野的清晨，因为它有着与众不同的恬美。天刚亮就有悦耳的鸟鸣声替你驱走一夜的倦怠。过不久，又会有一轮明丽圆润的红日带给你新的一天的希望。还有山野迷漫的晨雾，恍然仙境人间难以分辨，更有夹杂着泥土清香的空气带给你心灵一次彻底的净化。掀开记忆的窗帘，会看见临河的几点灯光，那里已有攒动的人影在忙碌了；打开记忆的窗户，会听见刷刷的扫街声，也不知是哪一位好心的大婶又在除去岁月留下的尘埃了。

村里的人们都很勤劳，青壮年们都早早地去了地里干活，剩下的老人在院落里谈天，孩子也去了镇里上学，家乡的白天很安静，也很忙碌……

水乡的傍晚也很好，晚霞缠着夕阳，将他们余下的“红颜”一丝一缕泼洒在清澈的小溪之上，溪水颇有“半溪瑟瑟半溪红”的景致了。这时最诱人的莫过于村子里袅袅的炊烟，那竹筒饭的清香至今还足以让我垂涎欲滴呢！

童年的夜晚，我总在“摇啊摇，摇到外婆桥”的童谣中入睡，在丁冬发响的溪水中入梦，我深信，那一千零一夜的故事会是我生命中最美的回忆。

不过，我还是离开了水乡，离开了满是“小桥、流水、人家”的“世外桃源”，带着遗憾，带着不舍，也带着深深的依恋离开了那曾令童年时代的我深深着迷的梦里水乡。

梦醒时分，留下的惟有——“青山荡漾在水上，清水吻着夕阳，泪水划过脸庞，所有的话现在还是没有讲……”

游人只合江南老

◇赏析/孙 闻

这是一篇描写江南的佳作。本文作者用优美热情的文字，向读者展示了一幅如诗如画的梦里水乡图。

这是一首家乡的赞美诗。“曲而窄的林间小道，调皮地闪躲于草丛之中，宛如十二三岁的小姑娘羞涩而又矜持的目光”；“洁白的水花在欢快的笑声中零落飞舞，宛如百蝶扑水”，“桥影颤悠悠地晃着，晃碎了白云，晃动了树影，晃出了水乡人民无忧无虑的心境”；水雾迷漫，鸟鸣声声，炊烟袅袅，童谣声声……浅唱低吟，“梦里水乡”恰似“小桥、流水、人家”。

这是一幅故乡的油画。绿油油的水稻田，田边石砌的圆拱小桥，桥下潺潺的溪水，水中摇晃的倒影。错落有致的小山村，小溪边洗衣嬉闹的村姑，田野里辛勤劳作的青年，院子里自在谈天的老人，小道上赶着上学的孩子……轻描淡写，“梦里水乡”，恰似“世外桃源”。

这是梦幻。“哼着小调，光着脚板，放纵地在草地上打滚”的小姑娘，还没等我们看真切，却已消失在树林中；刚被悦耳的鸟鸣声从沉睡中唤醒，转眼安静而忙碌的白天已过，夕阳已西下；“竹筒饭”的余香未尽，“摇啊摇”的童谣又隐隐传来。

这是向往。向往那一方蓝天，向往那一泓清泉，向往那淳朴的民风，向往那无忧的生活。梦回江南，在喧嚣的都市中为自己找一片心灵的净土。

人的童年像一个金色的梦。我睁开惺忪的睡眼，急切地寻觅那梦中的情景，可那美好的梦境却“倏”地一下飘然而去。

梦回江南

◆文/阳纯洁

有人说：人的童年像一个金色的梦。

当我睁开惺忪的睡眼，急切地寻觅那梦中的情景，可那美好的梦境却“倏”地一下飘然而去，只剩下一些零零碎碎的花瓣……

船的梦

我的童年是在湖南资兴县鲤鱼江镇度过的。在它的身旁飞舞着一条透明的“玉带”——东江。那日夜奔流的江水上，总是飘荡着几叶小小扁舟。它是那样的普通、平凡，就像制作使用它的默默无闻的人们一样。

至今，我的脑海里仍浮着这样一只小木船：深褐色的船宽两米左右，毫不修饰的流线型的船舷微微向两端上翘，显得小巧灵活。一篙、一舵、两橹，小船便稳稳地荡起来。人坐在小船上颇有些探奇之感。两岸青的稻田、白的棉地……微微晃动着，宛如一幅幅明丽的水彩画。

很多这样的小船在江上出没，挖沙、捕鱼、渡人……

五月莓

故乡的五月，丝丝的雨雾中，青青的山林里，分明地露出一颗、两颗……一树、两树润润的红“玛瑙”——那便是五月莓。

五月莓的形状与草莓很相似，下部像圆圆的红脸蛋儿，头上还顶着个尖尖的“小红帽”。你可不要以为这就是它原先的样子，开始，它只有一层薄薄的青绿色，再配上那细伶伶的枝干，狭长的绿叶，浑身土里巴几的小刺，跟其他野物一样，引不起人们注意。然而，几场梅雨过后，饱饮甘露的青莓似乎醉了，鼓鼓的小脸越润越红，一直红到了“帽尖儿”。

五月莓熟了。山里的姑娘和山里的小孩子踏着荆棘，尽情地采摘。我们这些小不点儿不敢到山深处去，只能采到些小小的，仍带着青色的莓子。那些山村姑娘却一竹篮一竹篮满满的，又大又红。她们宁可少带些去卖，也把我们小娃子的口袋、手上塞得鼓鼓的。

来，尝一个。呀，只轻轻一吮，“红玛瑙”便化作一包鲜红甜酸的汁，润染了你的满口……可谓是果中上品吧？如果苏东坡能尝到这山中特产，定会吟诵出“日啖山莓三百颗，不辞长做江南人”的佳句。

小溪清清

离我家不远有座山，一条小溪从这里流去，流去。

炎热的夏日，小溪便成了我和小伙伴们的乐园。脱掉裙子，甩了凉鞋，在溪中尽情玩耍、嬉戏，笑声一漾一漾，正像这溪水。

水清清的浅浅的，刚没过膝盖，溪底那细软的沙石轻挠着我的小脚丫，在水中轻轻挪步，荡起几圈淡淡的涟漪，水便从两脚间痒痒地淌过，好惬意！

咦，水里还有一些小小的黑点呢。噢，原来是圆脑袋细尾巴的蝌蚪！游起来，就像一个个活泼的“小逗号”，于是，水溪就成了一支老也流不完的诗……

粽粑飘香

也许是初夏那浓浓的雾，细细的雨、潮湿的空气的滋润；也许是江上那艘艘彩船、阵阵锣鼓的催促，山林中，许许多多的棕树撑起一片片鲜亮翠绿的宽大的叶片，清晰的脉络、光滑的叶面，还散发着阵阵清香，甜丝丝的香浓郁了整个山林。这便是棕叶。

新采来的棕叶经过蒸洗，馨香更加浓郁了。一层一层，裹起那白胖胖的“鱼米之乡”的糯米，再用叶脉捆扎出三角、四方、五棱、甚至八角的小巧玲珑的粽子。有时还加些枣、花生、红糖，更增添了色味。

家家户户都忙着做粽子和糯米粑，满口清香。五月的乡村是粽粑飘香的日子。好客而淳朴的老乡，总是用粽粑来款待客人的。老乡知道我的爸爸、妈妈都在部队上很忙，便送来一碗碗新鲜的粽粑。

这山水，这人，这粽粑啊……

不辞长做江南人

◇赏析/孙 闻

这是一篇很有特色的散文。

作者写了故乡留给自己印象最深的小船、五月莓、小溪、粽粑等，用几个小标题将画面连缀成篇，虽景物各有千秋，但全文以作者对故乡水、家乡人的热爱和赞美之情贯穿始终，使全文“形散神聚”，结构严谨，浑然一体。

“情景交融”也是本文的一个成功之处，作者运用叙述、描写、抒情相结合的手法，以流畅的语言，对故乡的景物进行了生动细致的描写，将江南的灵气与秀美尽收笔底。还多处运用了比喻等修辞手法，增强了语言的感染力，使全文充满诗情画意，给人以美的感受。“一切景语皆情语”，作者把对故乡的深情融于字里行间，特别是结尾一句，含蓄而富有深情，引人深思回味。

值得一提的是文中多处运用了省略号，有的服务于表情达意的需要，有的省去了不必要的笔墨，有的起到了含蓄凝练的效果。

只有号角楼上那长明灯还亮着，隔着夜晚的雾气，望去，那灯火像是领航的信号灯，又仿佛是母亲焦急祈盼的眸子，它们灼着我的眼睛好像在对我喊："回来吧，归来呦……"

梦归故乡

◆文/赵京京

我做了一个甜蜜的梦，梦见了我回到了久别的故乡，一只布谷鸟的鸣啼，温和的、怯生生的，唤醒了沉睡的大地。太阳拱开地平线带着朦胧的睡眼慢悠悠地升了起来；晨风吹散黑夜昏沉的忧郁，呼唤着无边的田野；山峦挺起强健的身躯，驱赶烦人的梦；美丽的傣家山寨哟，破开略带寒气的雾气，揉了揉惺忪的眼睛，露出了温柔的微笑。

热闹起来喽！朝雾渐渐散去，随之而来的是成丝成缕的袅袅炊烟；这边，活泼的山泉、小溪的演奏，千万只小鸟的合唱，数不清的昆虫发出的窸窣声……听啊，那边清脆的劈柴声，多么熟悉、亲切；噢，羊肠小道上传来水牛颈上忽轻忽疾的铜铃响，和着悠扬的牧笛声；还有赤着脚的娃娃驱赶鸭鹅的吆喝声……

正午，血气方刚的太阳喷射着烈焰，无情地灼烤着大地，炎热的空气似乎凝滞了。受得了吗？不要紧，层峦叠嶂已把山寨蔽护得严严实实，还有那株遒劲高大的榕树，上覆浓荫，下托绿水，为那些刚从水田中出来的男男女女们送来清爽，孩子们可不怕热，他们成群地在田野里、水塘边飞跑，像一群撒欢的小牛犊，身后带着呛鼻的尘土；要不然他们就各自拿了竹枝敲敲伏在地上昏昏欲睡的黄狗，使它发怒，狂吼。当然，这样的胡闹，又时常招致阿咪在后面喊：“回来，回来，别乱跑，不然阿咪可要拧你屁股了！”

黄昏，天气渐渐凉快了，微风习习。饱经沧桑的大榕树的青石板上坐着些纳凉的老人，他们一边抽着水烟，喝着茶水，一面和老伙伴扯天说地。远处，浓密的竹林里时隐时现着相互依偎着谈情说爱的男女。

“草满池塘水满坡，山衔落日浸涟漪。”

是啊，日暮西山，木棉花映着满天的晚霞使山寨披上了斑斓的绸纱。阿咪们蹲伏在水塘边洗菜、捣衣服。离不开阿咪的娃娃在她们身后玩耍。顷刻炊烟又升腾在山寨上空，慢慢膨胀，扩散，消逝……

静谧的深夜，大地沉睡，夜鸟归巢，只有一只好似挨了打的野鸽“咕，咕”地哢着它的喉咙呻吟着。还有那条小溪哗哗哗，日夜不停流淌着。溶溶夜月迷惘踉跄在这墨蓝的星海里。这时，你侧耳倾听，夜莺在树林里发出使人茫然的呜咽。看啊，一只胆小的兔子跑到水塘边，听听动静，小心地低下头喝足了水，然后疾速地跑进了黑乎乎的树林……

寨子隐在芭蕉丛中一片漆黑，只有号角楼上那长明灯还亮着，隔着夜晚的雾气，望去，那灯火像是领航的信号灯，又仿佛是母亲焦急祈盼的眸子，它们灼着我的眼睛好像在对我喊：“回来吧，归来呦……”

悠悠傣乡情

◇赏析/孙　闻

本文以时间为序，描绘了傣家山寨一天的生活情景图。作者把对故乡满腔的热爱和思念融在对故乡特有的水光山色、田垄村寨的描写中，又把这些生动的景物描写巧妙地融入故乡人民的生活图画中，创造出了富有诗意的境界。

布谷啼晓，朝雾炊烟，天籁伴着劈柴声、铜铃声、牧笛声……和平宁静又欢快热闹。听熟了这曲“山寨春晓”的人，怎能不爱这片幸福安乐的乡土，怎能不爱这些勤劳质朴的乡亲呢？

骄阳下玩童戏乐的场面更是写得情趣横生，“像一群撒欢的小牛犊，身后常带着呛鼻的尘土……拿了竹枝敲敲昏昏欲睡的黄狗……”有这样欢乐的童年生活的孩子，谁不眷恋生他养他的村野、田间？

息耕归来，老人纳凉、青年谈情、阿咪洗菜、捣衣，炊烟又升腾在山寨上空……这恬淡融和的村居像一首优美的田园诗，哪个在这里长大的孩子会不深情地吟诵它呢？

原来，就是那样的一种月色，从此深植进她的心中，每个月圆的晚上，总会给她一种似曾相识的感觉，给她一种恍惚的乡愁。

明 月 夜

◆文/（台湾）席慕蓉

很晚了，她才和母亲从台北回来。车子开上了乡间那条小路的时候，月亮正从木麻黄的树梢后升了起来，路很暗，一辆车也没有，路两旁的木麻黄因而显得更加高大茂密。

一直沉默着的母亲忽然问她：

“你大概不会记得了吧？那时候，你还太小，我们住在四川乡下，家在一个山坡上，种着很多的松树，月亮升起来的时候，就像今天晚上这样……”

那么，妈妈，那多年来的幻像竟然是真实的了？

她怎么会不记得呢？心里总有着一轮满月冉冉升起，映着坡前的树影又黑又浓密，记得很清楚的是一个山坡，有月亮，有树，却一直想不起来曾在哪里见过，一直不知道那是个什么样的地方。

“你大概不会记得了，你那时候应该只有两三岁，还老是要我抱的年纪。”

那么，妈妈，那必定是在一个满月的夜晚，在家门前的山坡上，年轻的妇人抱着幼儿，静静地站立着。

那夜，一轮皓月正从松树后面冉冉升起，山风拂过树林，拂过妇人清凉圆润的臂膀。在她怀中，孩子正睁大着眼睛注视着夜空，在小小漆黑的双眸里，反映着如水的月光。

原来，就是那样的一种月色，从此深植进她的心中，每个月圆的晚上，总会给她一种似曾相识的感觉，给她一种恍惚的乡愁。在她的画里，也因此而反复出现一轮极圆极满的皓月，高高地挂在天上，在画面下方，总会添上一丛又一丛浓密的树影。

妈妈，生命应该就是这样了吧？在每一个时刻里都会有一种埋伏，却要等待几十年之后才能够得到答案，要在不经意的回顾里才会恍然，恍然于生命中种种曲折的路途，种种美丽的牵绊。

到家了，她把车门打开，母亲吃力地支着拐杖走出车外，月光下，母亲满头的白发特别耀眼。

月色却依然如水，晚风依旧清凉。

撩开朦胧还原记忆

◇赏析/李 霖

席慕蓉，台湾著名女画家，业余时间也写诗和散文。她的书在台湾和海外风行一时。

乡情，本是个古老的主题，但在高手的笔下，却常常以崭新的面目示人。席慕蓉抓住了心底里被唤起的记忆来写。在记忆深处的情愫，被岁月渐渐地封存了，了无痕迹，然而，又不经意地流注于作者的笔端，构成了一幅又一幅的画面——圆月、树影。而真正有所悟的时候，却已是几十年后的事了。

月夜、树影是记忆的触发点。母亲的话语撩开了作者记忆的面纱，推动文章的进程，让那张留在记忆深处的幻象越来越清晰可鉴。第一次是证实幻象的真实性，其实并非不真实，而是想肯定内心的涌动。第二次让记忆彻底复苏，总在脑中挥之不去，若隐若现的明月、树影原来是溶化到血液的乡愁。月夜、树影营造出静谧的气氛笼罩着全文，作者的情感也在这其中升腾。

母亲、月夜、他乡、故乡，几十年前与今夜，契合无间，多少年的生活被摄于一瞬。瞬间的大彻大悟，把这一切贯串起来。抓住这个过程来写，让文章进入全新的境地，颇有深度。

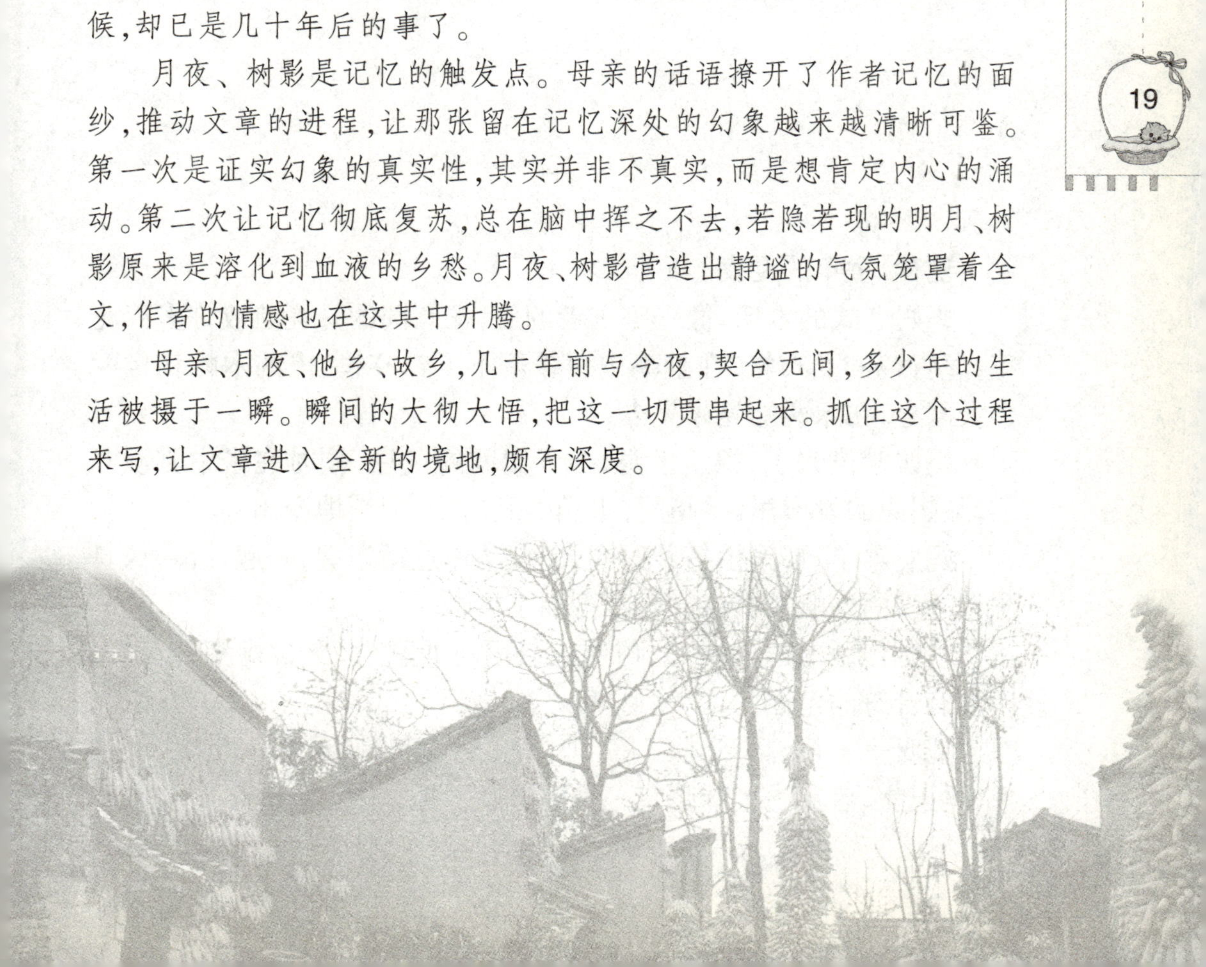

哦，童年的梦，在古庙般的木床里，在妈妈朦胧的呢喃中……

夏天的剪影

◆文/吴黛娜

一

夏夜，童年的夏夜。

妈妈老式的木床，像一座古老的庙，把圆圆的月亮雕成许多碎花花；海青色的夏布帐，在蛙鸣中缓缓落下了，一对乌黑的木帐钩像两个大问号，在床两端晃来晃去。

妈妈躺进来了，裸着上身，白天田间的气息，顿时在帐中弥漫开了，从妈妈的发髻里、手指间、丰满的乳房中，悄悄地溢出。

妈妈累了，那只拍打着我的大手，动作逐渐迟缓，一起一落，像打湿了翅膀的蜻蜓，沉甸甸的，不再翻飞了。

从她似睡非睡的唇边，仿佛风与稻花的絮语，含含糊糊，流出一串没有音符的童谣。

摇呀——摇，摇到外婆桥，外婆叫我好宝宝，买条鱼儿烧，头不熟，尾巴焦，宝宝吃了眯眯笑……摇呀——摇……

哦，童年的梦，在古庙般的木床里，在妈妈朦胧的呢喃中……

二

傍晚，我站在屋前的葡萄架下，伸长脖子向田埂上眺望，爹扛着锄头，快要沉下去的夕阳把他晚归的影子拉得很长、很长。

我迎着爹奔去。

爹伸出宽厚的手，摸摸我的头顶。爹的手很粗糙，但却温热。稻草、青草的气味和浓重的汗味混合在一起，散发出一股特殊的气息。

爹腰间的那个小竹篓是属于我的，里边不是装着活蹦乱跳的泥鳅，就是铁甲铁戈的田蟹。至于有着美丽传说的田螺，更是天天不缺。

我知道，每天小队长吹哨子“坐烟”的那会儿功夫，爹都用在这件事上了。我真希望自己变成一个田螺姑娘，每天从水缸里走出来，为辛苦了一天的爹妈做好可口的饭菜……

泥土散发的芬芳

◇赏析/黄　艳

《夏的剪影》在这里共两则，描摹了乡村夏夜的美好，表达了对亲情的无限怀念。前一幅是妈妈的剪影。古庙般的木床，海青色的夏布帐，劳作疲惫的身影，还有那含含糊糊的催眠曲……这一切，散发出乡土的气息、温馨的气息，催熟了“我”童年的梦，刻下了“我”童年夏夜的美好记忆。后一幅是爹的剪影。宽厚粗糙的手，稻草、青草、汗水混合的气息，腰间诱人的小竹篓，竹篓里鲜活的泥鳅、田蟹和田螺……构成了劳动和生活的美好旋律，充满了生活的情趣。

作者用一幅幅散发着泥土气息的动人画面，构成了《夏的剪影》特有的风味，它凝聚了浓郁的乡情，渗透了醇厚的亲情，散发着乡村夏夜的特殊韵味。

地道的无顾无虑，无牵无挂，抽身便走的人，万万没有想到我还有一个我自己不知道的，牵不断、割不断的朝思暮想的“家”！

我的家在哪里

◆文/冰　心

梦，最能“暴露”和“揭发”一个人灵魂深处连自己都没有意识到的“向往”和“眷恋”。梦，就会告诉你，你自己从来没有想过的地方和人。

昨天夜里，我忽然梦见自己在大街旁边喊“洋车”。有一辆洋车跑过来了，车夫是一个膀大腰圆、脸面很黑的中年人。他放下车把，问我：“你要上哪儿啊？”我感觉到他称“你”而不称“您”，我一定还很小。我说：“我要回家，回中剪子巷。”他就把我举上车去，拉起就走。走过许多黄土铺地的大街小巷，街上许多行人，男女老幼，都是“慢条斯理”地互相作揖、请安、问好，一站就站老半天。

这辆洋车没有跑，车夫只是慢腾腾地走呵走呵，似乎走遍了北京城。我看他褂子背后都让汗水湿透了，也还没有走到中剪子巷！

这时我忽然醒了，睁开眼，看到墙上挂着的文藻(冰心的丈夫——编者注)的相片，我迷惑地问我自己：“这是谁呀？剪子巷里没有他！”连文藻都不认识了，更不用说睡在我对床的陈王与大姐和以后进到屋里来的女儿和外孙了！

只有住着我的父母和弟弟们的中剪子巷才是我灵魂深处永久的家。连北京的前圆恩寺，在梦中我也没有去找过，更不用说美国的娜安辟迦楼，北京的燕南园，云南的默庐，四川的潜庐，日本东京的麻布区，以及伦敦、巴黎、柏林、开罗、莫斯科一切我住过的地方，偶然也会在我梦中出现，但都不是我的“家”！

这时，我在枕上不禁回溯起这九十年所走过的甜、酸、苦、辣的生命道路，真是“万千恩怨集今朝”，我的眼泪涌了出来……

前天下午我才对一位年轻朋友戏说，“我这人真是‘一无所有’！从我身上是无‘权’可‘夺’，无‘官’可‘罢’，无‘级’可‘降’，无‘款’可‘罚’，地道的无顾无虑，无牵无挂，抽身便走的人，万万没有想到我还有一个我自己不知道的，牵不断、割不断的朝思暮想的‘家’！”

一颗玲珑剔透的水晶心

◇赏析/黄 艳

冰心晚年创作的散文《我的家在哪里》用最真切、最简练的文字传递着老人心灵上的悸动,似一颗玲珑剔透的水晶心。这些看似平淡无奇的内容,蕴含着老人深厚的感情,是作者在经历了人生的风雨之后,对自己一生的回顾与思悟。

常言道,日有所思,夜有所梦,梦“暴露”与“揭发”的其实就是我们内心深处隐藏最深的东西。冰心在潜意识里苦苦追寻的那个“家”,就是她曾经拥有过却已不再存在的东西。“我要回家,回中剪子巷”一句是她的复杂的情感的最好证明。在北京中剪子巷的家里,父母之爱、兄弟之情,曾陪她走过了一生中最美好的岁月。数十年的人生征程后,九十高龄的冰心萌生想家的强烈愿望,是不难理解的。

然而,梦醒的时候,老人还没有走到中剪子巷,还未从寻找“家”的“梦”里回过神来。当她看到墙上的丈夫的相片时,不禁迷惑地问自己,“这是谁呀?剪子巷里没有他!”可见老人的向往与眷恋之情是多么的深切。

回顾九十多年的生命道路,冰心用了酸、甜、苦、辣四个字来概括。想起其中的恩恩怨怨,不禁热泪长流。冰心一生淡泊名利,从不张扬,只是安安静静地写作,堂堂正正地做人。当这位冰清玉洁的老人不急不躁地喊出“无‘权’可夺,无‘官’可罢,无‘级’可降,无‘款’可罚,地道的无顾无虑,无牵无挂”的心声时,是多么的坦荡从容,就将她最后的眷恋最后的真情交还给世界,在微笑中享受最后的安息吧!

那世界阳光虽破烂，我们却觉温暖；温暖到大家都相识，从不互争。

想　巷

◆文/许达然

巷像狭隘人间，一横无计划的秩序，一列亲切的简陋。简陋里不少人生长，劳碌，死后才被抬出；简陋里展开了我的童稚世界。

那世界阳光虽破烂，我们却觉温暖；温暖到大家都相识，从不互争。巷虽窄到连撒尿也有回声，倒有近三百年的历史了；但小孩可不稀罕什么过去，就喜欢在现在跑跳，仿佛我们也有运动场游艺所，可玩的多了。我们甚至一同养只乌龟来欺负，看它辛苦走到弄口，不敢上街又沿巷走回。巷也是画廊，我们乱画乱欣赏；大人看不懂才涂掉。大人一大早就上街赚钱了，晚上回家才找我们麻烦。大人不在家时，我们很少碰到看不懂的脸。不用狗，反正外人一进来，我们就察觉了。有个卖包子水饺的常到巷子来，无钱的我们告诉他进错了地方，他还是来，看我们玩扮官兵而朗笑："你们长大后可别忘了向我买哦！"

长不大的井在巷内古得快忘记出水了，我们仍排队猛抽。井前拜拜时，我们就吃得最好，因为平常省吃俭用的各户都争着把最拿手的菜展出来讨好神明。井边我们最爱听拖车的张阿伯讲古：牛郎织女，山伯英台，无钱打和尚；讲到孙悟空大闹天庭刚不久，他却忽然倒了。

全巷大人默默流泪，小孩呼呼哭，送葬的行列比巷还长。

杨桃树就是张阿伯种的，把一树鸟声带到巷里。阿章和我看过鸟偷吃杨桃也等过杨桃自然掉下来。等烦了，他就捡一粒碎石丢上去，鸟飞走了，杨桃也落了，但石子却砸破了人家的窗。害得那夜他老爸卖完碗米果回来打得他无路可逃："你要跑去佗位？巷子内你还能跑去佗位？"

巷内虽躲不到哪里去，我们也捉迷藏，谁溜到街上就算输了。我们用手巾把输的人眼睛蒙起来后，就边拍手边躲；他乱摸，摸久了竟生气了："有种的就出来！"后来觉得有种的常被摸到，没胆的总躲，我们也就玩腻了。有一次，我乱摸，好容易摸着一个，却听到哈哈大笑，拆开手巾一看，我很失望——我捉到了做工回来的金生，他已长大了。

我们也长大后，大多走出小巷到大街。街若不长似乎就不算路，路从此赶着我们。街外我看到更多巷，人们就在那里拼命工作沸腾过活。巷口，阿婆包着槟榔，无人买也包得很起劲。水果贩卖不出烂糊糊的香蕉只好自己吃。卖甜食的妇人边打盹边哄孩子睡，蚊子却不肯让她睡。巷内，做棺材的，钉钉钉；做豆腐的，磨磨磨；做佛像的，刻刻刻；做草鞋的，织织织，苍蝇看不懂却赖着不走。打铁店内风炉边儿子握着铁板给老父锤，祖传的锤声中，火花乱溅，汗水乱流过父子疤痕交错的胸膛。当铺里老板在柜台与电扇间悠闲。巷尾古庙，庙前学童赌博，庙里妇人拜佛祖，庙祝下围棋，各用粗话围来围去，浑然忘记妈祖、千里眼、顺风耳、与皇帝匾额住庙中，忘记庙在巷内，巷是人间。

记得走了很多街道后，几年前夏天的一个黄昏，我回到小巷。熟悉石子，我拣了一粒。熟悉木屋，破落地挂着生疏门牌。生疏几间围着墙的小洋房，我一走近，狗就猛叫，猫也跟着乱喵；生疏西洋流行歌曲西洋打架杂音自电视机收音机传来。生疏一家化工厂，流泄出臭药味。生疏一家玩具外销厂，几个童工正包装。生疏，小孩子一定还有的，但不出来玩了。没有杨桃树，没有鸟，我怏怏地踢走石粒——石粒早被辗得太小了，砸不响巷内的热闹。一阵空荒的感觉猛然涌上后，一句熟悉的叫喊隐约传来："包子水饺啦！"我惊喜地往那声音跑去。

“你是——！”

“什么？”他惊异看我，被岁月与蒸气熏喷的眼睛黯淡无神。

“你还常来吧！”

“嗯，每日来，但不再进入了。”他顿了顿，“早前相识的都搬走了。”

“搬去——？”

“我哪知道？”他叹了一口气，“我虽每日经过这里却不属于这里。”他看了看巷内，嗫嚅着没再说什么。把我买的水饺递给我时，流着汗的手微颤着：“趁热快吃。”然后拉长嗓子拉着摊子蹒跚走了。

他走后我想起跑不了的井，但没找到。也许井一无水就遭人遗弃而填平了。正想找个巷里的人问个究竟，猛然冲来“卜卜卜”喇叭声。“死人，无耳无目？”一个年轻人坐在机器脚踏车上睁大着含怒的眼睛，似要向我吐痰才甘心；无痰，更气，急驰而去，扬起沙尘。朦胧里，那副脸仿佛熟悉，像阿章，那个话虽粗野心却纤细的少年！二十多年的街巷后，我竟成了陌生人，而陌生人从前是很少进这巷子的，他已认不得我了。

恍惚过后，我才理智想起刚才那个家伙不可能是阿章，那年他因要躲开警察抓他在路边摆碗米果摊妨碍交通而仓惶拉着摊子过路时给卡车撞死了。

可是我总仿佛看到一个坚强的少年跑着，他父亲叫着“你要跑去佗位？巷仔内你还能跑去佗位？”

我缓缓走出小巷，又到路上。

路，很长。

留在记忆中的小巷

◇赏析/李 霖

童稚的世界是令人神往的，童年生活让人终身难忘。《想巷》带着忧伤的感情，用十分简洁明朗的文字把童年世界所拥有的欢乐与重返家乡看到的变化作了对比，表达了对童年小巷的怀念。

小巷有着“我”欢乐的“童稚世界”，有着美好的回忆。“那世界阳光虽破烂，我们却觉得温暖”，人们互爱，孩子一起玩着有趣的游戏，“欺负乌龟”、把小巷当成画廊乱涂乱画、捉弄“卖包子水饺的”，在井边听拖车的张阿伯讲故事。

长大后的“我”重新回到小巷，竟然发现自己完全到了一个陌生的世界，面对的是陌生的“巷”：惟一熟悉的是小小的石子，但已经“砸不响巷内的热闹”；曾经熟悉的木屋，“破落地挂着生疏门牌”；还有的是生疏的小洋房，猛叫的狗猫，“流泄出臭药味”的化工厂；熟悉的“卖包子水饺的”眼睛已经“被岁月与蒸气熏喷”得黯然无神，那一句“我虽每日经过这里却不属于这里”露出了难以遣怀的哀伤；原想“跑不了的井”也遭人遗弃填平了……

小巷已不再是过去的小巷，它被岁月的泥沙掩埋了，然而作者对小巷的思念尽在不言中。

你要正碰上他回故乡，问他，你包里提的啥？他一定会腼腆地笑笑，啊，没啥，是些白糖。

苦　　糖

◆文/莲　子

几年前，我与同乡麦天枢先生在天安门广场溜达，共同怀念起故乡，他说了件自己少年时的事，让我至今不忘。

父亲病了，亲戚拿二斤白糖来探望。父亲说这么好的东西过端午节再吃，母亲就把糖装进一个黑罐子，一根粗麻绳拴着挂在屋梁上，辍学在家的天枢，便从此有了寄托。

一日，家里大人不在，天枢把弟妹哄出去玩，自己留在屋里。血热了起来，那罐里的东西有一种令人陶醉的滋味，叫做"甜"。要是那白色晶体爬到舌尖上，咕噜一转，那神奇的滋味就会在整个口腔里激荡开来，化成温柔的流体。

狂喜之后，他在凳子上垫了三块砖，爬了上去。当他的指尖触摸到那神物时，他的心缩了一下，只拈了一小撮撮，舔了。

他扔了砖头，把凳子搬走，发誓不再吃了。可是那凳子和砖头又来了，这下他抓了一满把，满满塞了一嘴。在嚼咽的时候，他目光怔怔地盯着某处，甜出了泪水。

一个多月后，他的小手蘸完了最后一粒糖。端午节到了，罐子从屋梁上下来了,他等着挨顿暴打。母亲只是抱着空罐子哭着,一句责怪的话都没有。

母亲的哭声震得他无处藏身。他发誓要让母亲天天有白糖吃。后来他成了牧羊人,当了兵,上了大学,成了记者,又是个深邃的学者。你要正碰上他回故乡,问他,你包里提的啥?他一定会腼腆地笑笑,啊,没啥,是些白糖。

而他自己,从那以后,很少再吃白糖。

糖为什么这么苦

◇赏析/黄 艳

怀念故乡,是因为总有一种情愫萦绕在心间,让你刻骨铭心。让作者至今不忘的是“苦糖”。

糖是甜的,作者却要称之为“苦糖”,其实并不是糖的味道苦,而且吃那糖的日子苦,让作者难忘的并不是糖的味道,而是没有糖吃的艰难岁月。在《苦糖》中,我们从三个层面可以理解那种苦味:一是父亲病了,探望的亲戚拿来的二斤白糖,父母亲商量着把糖用罐子装好,挂在屋梁上准备端午节吃,父母亲如此小心谨慎地处理这二斤白糖,可见在当时白糖是多么奢侈的食品。二是“我”对那罐里的东西,开始是想像它的味道,接着有了进一步的动作“只拈了一小撮撮,舔了”,最后“蘸完了最后一粒糖。”“我”无法抗拒糖的诱惑,是那时这个东西太稀罕,它的滋味太神奇。三是糖没有了,母亲没有打“我”,甚至一句责怪的话都没有,她只是抱着空罐子哭,哭得“我”无处藏身,“我”打碎的可是全家品尝美好生活的一点希望啊。

从作者对往事的回忆中,我们洞察到了作者内心的歉疚和已往生活在他心中留下的无法磨灭的印象。

正因为远方美得无以形容，远得无法估测，才使我自始至终有一腔对远方的虔诚，才使远方对我具有一贯的吸引。我从远方来，必须复归于远方。

远　方

◆文/金永先

“妈，我是怎么来的？”小时候我时常这样问。“很远的路上捡来的，”妈笑吟吟地答我。“到底有多远呢？”“总之，很远很远。”于是我就去看远方：烟光浓郁的黄昏，如剥落红壳的煮鸡蛋，呈现着苍茫混沌的白。一带淡青的群山隐约如梦，惝恍飘浮。远方是什么呢？我仍要问，却被总也忙不完的母亲从厨房赶开了。没有满意的诠释，心便刺痒难捱，欲罢不能，复问不敢，只好怏怏坐回原处，呼一口孩童不该有的叹息。

八岁那年，背着满书兜母亲的嘱咐，我开始了寻找远方的旅途。起初，那位仿宋体般清秀的女教员是我心目中的远方，无论她的阅读还是手写的文字都使我感动不已；后来，老如古董的校长成了我的远方，经他讲述的那些名不见经传的历史人物都能在我头脑中复活；再后来，线装的芬芳古籍和洋装的蓝眼珠哲思都成为我的远方。从此，我不但得以采访庄周孔子，随意推敲李杜诗门，而且可以免费游历大洋彼岸的异国风情了。远方太美，又太远。然而，正因为远方美得无以形容，远得无法估测，才使我自始至终有一腔对远方的虔诚，才使远方对我具有一贯的吸引。我从远方来，必须复归于远方。就如此沐着茅店鸡声，踏上板桥霜迹，向远徐行，复徐行，忽而密林深涧，忽而戈壁荒原，忽而波峰浪谷，忽而路转峰回。仅凭那万劫不复的灵魂和千年不化的冥顽，把一生一世都嫁与遥远，嫁与童年曾种下的那颗颗心愿。男人是阳刚的海，可以容纳泪的江河，可以吞吐一切荣枯善恶，却容纳不尽智慧的帆影和亘古的忧思。人生识字忧患始，当你走向远方，便不仅是忧思，还有层层叠叠的艰辛、遍体鳞伤的苦难在等你去做火浴的凤凰。所以行路难，多歧路。东坡曾在庐山绝壁上挥毫：庐山烟雨浙江潮，未到千般恨不消，及至到来无一事，庐山烟雨浙江潮。连这旷达闻名的人都有了颓唐，远方究竟是什么呢？有谁见过远方呢？为什么要说总之它是远？我问伊，伊不答，只与我一齐瞭望那不知其处的远方。而我亦在远方，阔别十余载的童年，如今该是满眼蓬蒿了吧？旅人的牵念是故乡，赤子的故乡是母亲。而母亲，一旦我挣脱脐带如解缆的舸，就将一去不返，一如当年父亲追逐太阳去了。你何故以盘古开天之姿仍高举我幼时的那片单纯的天空？

寻找远方

◇赏析/卢丽丽

这篇散文的情节很简单，人物也不多，但却给读者留下了不少想像的空间，不少可供咀嚼和回味的余地。

本文围绕着“寻找远方”将人物和景物描写得十分出色。读完这篇文章不知道广大读者有什么感想，笔者读完，只觉得头脑中涌出了不少画面。请读者试着想一想：宋体般清秀的女教员是什么模样；老如古董的校长是个什么样子；线装的芬芳古籍、洋装的蓝眼睛又是怎样的一幅画面。当你“沐着茅店鸡声，踏上板桥霜迹，向远徐行，更徐行，忽而密林深涧，忽而戈壁荒原，忽而波峰浪谷，忽而路转峰回”，一路行来，又是怎样的一番情景呢。“庐山烟雨浙江潮，未到千般恨不消，及至到来无一事，庐山烟雨浙江潮”又是怎样的意境呢。“母亲以盘古开天之姿仍高举我幼时的那片单纯的天空”又给我们留下什么样的遐想呢……这些都给读者留下了广阔的想像空间。

这篇文章也穿插一些适当的议论，如“正因为远方美得无以形容，远得无法估测，才使我自始至终有一腔对远方的虔诚，才使远方对我具有一贯的吸引”，“男人是阳刚的海，可以容纳泪的江河，可以吞吐一切荣枯善恶，却容纳不尽智慧的帆影和亘古的忧思”。这些议论是作者向读者提出猜想，引起思索。到文章快结束时，作者明白了“旅人的牵念是故乡，赤子的故乡是母亲”，于是，读者也就自然而然的明了作者一直想要寻找的远方就是故乡。

全文构思非常巧妙，作者没有正面抒发自己的思乡之情，而是从寻找远方开始。在寻找远方的旅途中联想到了女教员、校长、古籍和乡间小道，娓娓道来，抒发了作者对童年、故乡的思念之情。

可是母亲和我一动不动地站着，目送着远去的花乳牛，止不住的泪水，擦了又流，流了又擦……

卖　牛

◆文/敖德斯尔

牛是被人类驯养最早的动物之一。千百年来牛为人类做出过巨大的贡献。

牛的个头大力气足，性格温和，吃苦耐劳。老百姓过日子都离不开它。牛，老老实实，埋头苦干，默默无闻，总是不声不响地拿出全身的力气为主人服务。每年的春耕季节，不管是春雨绵绵的泥水里或者是干旱坚硬的土地上，牛总是低着头，冒着滚滚风沙或炎炎烈日，用全身的力气毫不含糊地拉犁耕地。到了秋收季节，还是牛拉庄稼、拉碾脱粒，完成全部收获。

牛是人的最忠实、最可靠的伙伴。尤其是草原牧民，去遥远的盐池拉盐，拉全家走“敖特尔”，平时拉水拉柴，送亲迎友，日常生活里的一切活动，每时每刻都依靠着它。所以，人们格外爱牛。

我是个牧民的儿子，从小就爱牲畜。在我小的时候，父亲要卖掉一条老乳牛的事，至今还记得清清楚楚。

农民卖粮，牧民卖畜，这种事年年都有，人们都习以为常。可是当我听说要卖掉那头老花乳牛时，难过极了。躺在包里说啥也睡不着，它的模样老出现在我的眼前。

早晨，我刚喝完奶茶，从城里来的商人领着两个赶牛人来我们家了。我母亲搂着花乳牛的脖子，把脸贴在它的宽大而多毛的脑门上，抚摸着它的下巴，十分难过地叨咕着："我的'阿拉嘎·乌奴'(花乳牛)，你就要走了，来生还回到自己这个家来吧，啊！"

不懂事的老花牛，一动不动地站着，半闭着眼睛，慢慢腾腾地反嚼着，只等老主人挤它的奶。

我听母亲说，那年早春，春节刚过，花乳牛的母亲——那条短角黑乳牛的肚子就像装满粮食的麻袋一样鼓鼓地沉下来，阴部流出了半透明的分泌物，富有接犊经验的母亲看出它就要生产了，怕初生牛犊在寒夜里冻死，连续三夜没合眼地守在黑乳牛旁。终于在第四天的黎明时分，花乳牛下了一个可爱的红花犊。母亲把它抱进蒙古包里，用破棉袄裹住，伸手摸了摸，高兴地说："是个母子！"

那时候，我还没上学，记得坐在小牛犊旁抚摸着它的花脑门，跟它玩儿，有时还把手指头伸进它的嘴里让它吮吸，好玩极了。从此，它就成了我的好朋友。每当阿妈挤它母亲奶的时候，我看见被拴在桩子上的它，着急要吃奶的样子，我总是哀求阿妈不要挤太多的奶，生怕小家伙吃不饱。有时，阿妈还没挤完，我就赶快解开绳子，它就拼命地跑过来，仰起脖子一口接一口地吮吸着，从它的嘴角冒出沫子，吃得可香啦！后来，它长大些了，我常常骑它玩，可是它长到两岁之后，就不让我骑了。我一骑，它就尥蹶子，把我甩出好远。

母亲常夸奖说："这条花乳牛跟别的乳牛不一样，它一年生一个，乳房大、乳头粗、下奶多。"

"多好的乳牛呀！"看见母亲难受，我心里更难受，走过去摸着花乳牛的鼻梁，心疼地说，"阿妈，咱们不卖它！不卖！"

"你阿爸早就把它卖啦，钱也要了。"

"把钱还给他们呗！"

母亲摇了摇头，叹了口气，抚摸着它的脊背，用另一只手从它的尾巴上揪下几根毛，把它卷成一团在乳牛的嘴上擦了一下。这叫"合什格”。按照牧民古老的传统习惯，凡是给人的牲畜，都要从它的身上揪下几根毛，放进“乌塔”(小布口袋)里保存起来。每当过年的时候拿出来，摇晃着喊“呼来，呼来！”

“你是为主人出尽了力的好奶牛啊！你一生给我们下的牲口，够一群了。你一生出的奶，能流成一条河，我的好‘乌奴’……”母亲说着，老泪横流。

看见阿妈哭，我也跟着哭了。我抓住花乳牛的犄角，很坚决地说：“不卖不卖！咱家也不缺钱，干嘛要卖这么好的牛！”说着我跑进蒙古包，跟父亲辩论起来。

父亲说：“花乳牛是个好牲口，我不是不心疼，可是它老了，牙都磨光了，今年没下犊了，它的‘贝若’(两岁子)还吃奶，你阿妈又挤了它一夏天的奶，这会儿不出奶了。以后再也不下犊子了，膘也一年不如一年，不卖怎么办？”

“不吃它的奶，不花它的钱，就这么养着呗。”我说。

“我昨天对你阿妈也说过，如果现在不卖掉，到冬天得自己杀着吃，到时候更心疼了！我们能咽得下它的肉吗？”

我没话说了。

不一会儿，买牛的商人们把从本“浩特”买下的五六条牛合在一起，就要赶走了。

母亲不忍看心爱的牲口被外人赶走，嘴里呼喊着：“呼来呼来！”用牛尾毛招了招它的魂就进了蒙古包。

“阿妈！咱家的花乳牛不想走，老是回头，真可怜。”我在外边喊，我觉得我的声音是颤抖的。

本来不忍心看牛走的母亲，听到我的喊声，迈着蹒跚的步子走出了蒙古包。

这时候，挥着长鞭的人们，赶着牛，沿着扬起灰尘的大路越走越远了。

花乳牛“喔——”地叫了一声，又一次回过头来，好像是向主人求救似的。

“多可怜的牲口啊！”母亲用无限留恋的目光望着它的背影，忍不住又哭起来了。她哽咽着叨咕，“平时上野外，它从来不回头。可是这回……它知道把它卖给生人了……可怜的……”

我听阿妈这么一说，我的心被戳了一下似的，更心疼了。于是抱住父亲的大腿，苦苦哀求：

“阿爸！咱们不卖它啦！你去把它要回来吧！”

阿爸亲切地抚摸着我的头，说：

“孩子，别说傻话啦！”接着，他来到我母亲身旁，“你也别伤心了，养牲口还不是为了使唤或是卖钱嘛，快回包里吧。”

可是母亲和我一动不动地站着，目送着远去的花乳牛，止不住的泪水，擦了又流，流了又擦……

爱并痛着

◇赏析/卢丽丽

《卖牛》的客观情节极其简单，无非是卖掉那头老花乳牛，如此而已。然而作者“主观”上由此激发的感情如滚滚波涛，一发而不可收，强烈地感染着读者。

透过作品的字里行间，我们分明可以感受到作者对老花乳牛的爱。

牛，老老实实，埋头苦干，默默无闻，总是不声不响地拿出全身的力气为主人服务。老百姓过日子都离不开它。这是爱牛的客观原因。

“我”是牧民的儿子，从小就爱牲畜。这是爱牛的间接原因。

小的时候，老花乳牛是我的好朋友。这是爱牛的主观原因。

老花乳牛跟别的乳牛不一样，它一年生一个，乳房大、乳头粗、下奶多。这是爱牛的直接原因。

读完这篇文章，我们可以感到在卖牛的过程中作者的心弦在频频颤动。写物是为了抒情。作者详细地回忆了全家人与老花乳牛之间的点点滴滴，叙写了对老花乳牛的不舍，这就使得卖牛的过程异常心痛，然而卖牛不是因为缺钱，是因为不忍自己杀着吃，不忍看着它死，这就更加衬托出了家人爱牛的心情。从而更加抒发了作者对故乡的老花乳牛的深深怀恋之情。

驴人把鞭子甩得响彻山野，狼虫不敢侵袭，虎豹难以伤及，也就保得人与牲畜的平平安安。

月下鞭声

◆文/张冠华

在我的记忆深处，最响亮最有韵味的是月光下回响在山野之间的鞭声了。

我的家乡，旧历七月十五日是驴的生日。这天晚上总要爆出如豆如炸如度岁的响鞭声了。那鞭既不是竹节鞭，也不是牛皮鞭，而是用嫩枝桑树皮拧制而成的长长的鞭子。

月上东山。饭碗是顾不及往家送去，街头巷尾，池畔岸边，在那些农家门口，大人们谈神论鬼，三国水浒地大摆龙门阵，真是让我们听得入迷了。可是到了七月十五这天晚上，我们那些大大小小的孩子们就“移情别恋”了，互相吆喝几声：“走，策响鞭了！”大家三三两两，就蹿向打麦场，蹿向村外的小河边，挥起那震天响的桑皮鞭，弄出一片天上人间都少有的欢乐世界了。

没有裁判，没有定规，可是都在暗自较劲，看谁的鞭抽得最响亮。有表演的，有观看的。为最响亮者大鼓其掌，却没有为鞭艺差者喝倒彩的。真正的不以成败论英雄。内中蕴含的是童稚的清纯，是难得的世外桃源景象。在我印象里，起会叔的鞭艺最好。丈余的绿色鞭子最粗部位安一木棒。他右手握紧木棒，从头顶上盘旋而过，往右后方一甩，然后用力闪电般抡个弧形，让鞭梢在低空稍一回旋，再猛劲往回一拉。伴随着这一舞蹈般的优美动作，一个落地惊雷般的炸响向着茫茫的高空，向着沉沉的山野响去。于是，田野震荡起波浪起伏般的回音。那简直是惊心动魄的艺术，是天上人间至纯至美的乐曲。起会叔又极有韧性，总是要玩到人少鞭疏，才恋恋不舍地回家去，就像唱戏，最精彩的部分往往是在最后。起会叔的“策响鞭”是整个七月十五的压轴戏。

蛙鼓起伏，蟋蟀弹吟。明晃晃如磨盘大的月亮越升越高。仔细望去，月亮的光芒于剔透晶莹中闪出浅黄和微红，扑洒大地就银辉四溅了。山若巨牛，安然入眼，树木葱葱，斑斑灵幻。旷野之间，月色朦胧，树影迷离，整个村子一袭烟纱似的。不觉惊异，那是展示在我眼前的梦吗？那是丹青绝品吗？鞭声在山谷里荡起悠悠长长的音波，犹如被谁拨动了苍天之琴弦，那鞭声就与月光一起灵动了。于是觉得月亮有了韵律，那月光砸地有声了。

驴也有生日吗？在我幼小的心灵中曾经产生过不尽的疑惑。可是通过细心观察，才使我逐渐明白了。

酷暑烈日里，驴负轭劳碌一日，傍晚被人牵回来，有时由于套包太松把膀子磨得血肉模糊。二爷会紧皱双眉，痛心地埋怨说：“粗心的家伙，驴也是生灵啊！”抑或驴也有知，会把头俯到二爷怀里蹭两蹭，表示出理解和感激。凛冽冬天里，驴拉磨走碾，往往天色很晚，用户才把驴给送回来，二爷又会把正喝的半碗稀饭倒在驴的草料中拌了。驴瞪了大眼对着二爷看了又看，那是感念吗？最难忘的是二爷在冬日寒夜起来喂驴的背影。往往子夜时分，当我从如豆油灯下的书本上抬起头来，举足户外，就会看到二爷披了棉袄，端了草料筐，恭恭敬敬地去喂驴。他不是一倒就回屋，而是在冷风中站着看驴吃草，全神贯注，忘乎严寒。最有意思的是，到了每年七月十五这天，无论农活多忙，驴是不准下地的，主人还要用白面捏出如青蛙、蛇各样动物形状的馒头喂驴。还要让驴起五更，早早地把驴撵到山坡上。为的是让驴吃上鲜嫩的草，肚子吃得饱饱的。漫山遍野，就会响起此起彼伏的鞭声。放驴人把鞭子甩得响彻山野，狼虫不敢侵袭，虎豹难以伤及，也就保得人与牲畜的平平安安。据老年人说，七月十五策响鞭，这才是真正的动因和目的。

那种人与家畜的亲近和情缘，该能折射出农村生活的历史底蕴吗？在这个世界上，人类不能孤立地存在，而应该与众多生灵广结善缘才是。去年农历七月十五日，我回老家一趟。入夜，青山依旧，月光如水，却不闻那熟悉的美妙的响鞭声了。不觉蓦然心惊，空虚失落之意弥漫周身。忙问母亲，母亲说："如今的孩子们，不了！"母亲的口吻中透露出来的信息是，今天的孩子们已不是昨天的孩子们。今天的日子也不是昨天的日子。细想，连山间小道都通成了水泥路。三马奔驰，"小拖"满地，农用车大行其道，驴们少乎又少。谁还给驴过生日？童趣也就变成了窝在家里看电视了。于是，不觉心头黯然。悲乎？乐乎？

然而，不管怎么样，那月光下的响鞭声声，永远是我心中的大美！

青山依旧，物是人非

◇赏析/卢丽丽

《月下鞭声》详细地向读者介绍了"策响鞭"的整个过程以及七月十五日策响鞭的真正动因和目的，流露出作者浓浓的怀乡之情。

七月十五日，家乡呈现出"难得的世外桃源景象"。乡民们"蹿向打麦场，蹿向村外的小河边"，有的"挥起那震天响的桑皮鞭"，有的"为最响亮者大鼓其掌"，"弄出一片天上人间都少有的欢乐世界"。因此，这个日子对于作者来说是刻骨铭心的。然而，久别归家，入夜，青山依旧，却物是人非。"今天的孩子们已不是昨天的孩子们"，"驴们少乎又少"。于是，"不觉心头黯然"。然而，那月光下的响鞭声声，却时刻萦绕在心头，久挥不去。梦中，时常会见到"月色朦胧，树影迷离，一袭烟似的村子”，时常会听到那“天上人间至纯至美的乐曲”。那鞭声不仅“拨动了苍天之琴弦”，也拨动了作者对故乡的情思。

作者通过细心观察，明白了七月十五日策响鞭的真正动因和目的，即“保得人与牲畜的平平安安”。“驴也是生灵”。驴负轭劳碌，二爷会“痛心”，驴表示“理解和感激”。对于二爷的恭敬和细心照料，驴会“感念”。从这里我们可以看出“人与家畜的亲近和情缘”。

家畜是农村生活的特有表现。然而，随着人们生活水平的不断提高，牲畜已越来越少了。青山依旧，物是人非。作者是借物情写人情。

人的一生就像一个圆，从起头慢慢地走呀走，最后又似回到刚开头的地方，常常对此十分感慨。

记忆烘桶

◆文/李华章

人的一生就像一个圆，从起头慢慢地走呀走，最后又似回到刚开头的地方，常常对此十分感慨。前几天在街上闲逛，发现一处人丛中选购之风蔚然。走过去打问，原是高效节能电暖箱。式样有长方形、正方形和小长方形，价廉物美。产品出自湘西怀化市，倍感亲切。一时兴来，便购回一台小长方形的。置于书桌下，红外线暖脚，随意调温，不是空调胜似空调。一下子，点燃起我对湘西老家回忆的思绪……

记得在湘西平常百姓家，寒冬腊月时节，几岁的小伢大都是“站烘桶”的，大孩子和上年纪的人“捂烘笼”，人多时便“烤火塘”。我印象中最富情趣的要数“站烘桶”。“烘桶”是木制品，圆桶形状，上圆口小，下圆口大，稳稳当当，桶底上安装横踏脚板，空心直条，桶高约齐小伢的腋下，踏板下放一小盆炭火。人站立桶里，浑身暖洋洋的，限制中尚可灵活旋转。

小伢子站烘桶，一举数得。小伢子过冬暖和，大人轻松，可腾出手来劳作，出门少个累赘。家大口阔的农家，父母亲忙于干农活，往往是五六岁的哥哥姐姐背二三岁的弟弟妹妹，一个萝卜一个坑，一个罗汉一个位。为了糊口生活，几乎是家家无闲人。夏秋季不当紧，任其摸爬滚打；冬春时节天寒地冷，怕小伢子受冻，于是家家户户都有烘桶。邻里多的人家，有时聚集几家的烘桶放在一处，由一个人照顾即可，既安全又热闹。

我也是站烘桶长大的。现在回想起来简直就像童话世界，拾回一个甜甜的梦。那梦境颇有几分朦胧的美在其间。俗话说："三岁看大。"从三四岁小孩的现状，可以看出他的未来。开初，我有点将信将疑，后来慢慢地有所认同了。有一年回家乡过春节，偶然碰到好几个在我家站烘桶的青梅竹马的伙伴。有做了一辈子农民的，有参军当上军官的，有做教师的，有当工程师的等等。老人们高兴地数落起我们儿时的情景时，记忆犹新。说参军的那位伙伴，小时站烘桶，硬是不本分，手脚总是不停地乱动，调皮死了。后来果然参了军，驰骋战场，做了军分区司令员。他笑着否认，老人们硬说千真万确。那位当了音乐教师的伙伴，老人们说他站烘桶时爱哭爱闹，嗓门儿大。说到我的时候，当年站烘桶不声不响，本本分分，脾性就是好，现在还是这个样儿。惟独我的文章阿哥例外，他儿时眉清目秀，连哭喊的声音也很轻很细，五伯给他取名文章，指望他长大后从文，以光宗耀祖。不幸的是，五伯过世太早，家境贫苦，初中毕业就辍学务农。人到中年，适逢改革开放，他想做生意发财，可每每都折本亏空，人也见老得快。我前思后想，历代相传的某些俗话，也有说得不准的，"一分为二"更科学些。就好比神秘的湘西既是落后封闭的土地，但也出现了一大批著名人物，如政治家熊希龄、向警予，历史学家向达，教育家、辞学家舒新城，经济学家武育干，法学家杜元载，文学家沈从文，画家黄永玉……

早在半个多世纪前，沈从文先生曾说过："湘西人欢喜朋友，知道尊重知识，需要人来开发地面，征服地面与组织大众，教育群众。凡是来到湘西的，只要肯用一点时间先认识湘西，了解湘西，对湘西的一切，就会作另外看法，不至于先人为主感觉可怕了。"同时，他也指出："湘西人民常以为极贫穷，有时且不免因此发生'自卑自弃'感觉，俨若凡事为天所限制，无可奈何。"而今的湘西，已不再偏僻，物产丰富，交通方便，人才济济。从烘桶里走出了中国人中“最勤苦、俭朴，能生产而又奉公守法，极其可爱的善良公民”；走出了一批又一批国内知名的专家学者，对社会主义作出了巨大贡献。

当我脚踏在湘西的电暖箱里回忆着孩提时代的烘桶，直感到无比的温暖，无比的欣喜。曾被历史习惯所局限的湘西，而今正在日新月异地前进着。

象征手法旨趣高妙

◇赏析/王书文

李华章先生的散文《记忆烘桶》由买家乡湘西产的电暖箱而忆及儿时所站的烘桶，并提及由烘桶育出的各路人才，从一个点切入，忆人忆事，谈古说今，暖身暖心，旨趣高妙。

在写法上，主要是象征手法用得巧妙。

“烘桶”，本身就极带地域文化色彩，有点文物的神秘感。依次写何为烘捅，烘桶功效与烘桶有关的人才等。最难能可贵的是作者不拘泥于介绍烘桶本身，而将它作为湘西的精神文化的一种象征。看，它是温暖的，令人热血沸腾的，但它又是“上圆口小，下圆口大”的一“桶”江山，那“就好比神秘的湘西，既是落后封闭的土地，但也出了一大批的著名人物”，“对社会主义作出了巨大贡献”。如尾段与首段照应，再点烘桶，实则再赞湘西这片神奇的热土，并说“曾被历史习惯所局限的湘西，而今在日新月异地前进着”，其中“所局限”三字，正说明如今的湘西人，甚至全体中国人民走出了一片新天地，令人“无比温暖，无比欣喜”。

夜，渐渐深了，大家却毫无倦意，仰望天空那轮明月，人们都沉醉了，沉醉在幸福之中。

明　月　曲

◆文/佚　名

瓦蓝瓦蓝的天空上，挂着一轮银灿灿的圆月。月色十分迷人，她好似一个害羞的少女，脸上带着一层薄薄的面纱。周围的小星星调皮地眨着眼睛。咦？月亮姑娘的面纱掉了，她怎么不知道？小星星也不知为啥，不眨眼了，她们在看什么呢？

哦，在看那儿。在葡萄架下，王奶奶一家正在欢度中秋佳节呢。

年过花甲的王爷爷和王奶奶今天异常兴奋，他们正聚精会神地看小孙子表演舞蹈呢！王爷爷笑着捋着花白的胡须，王奶奶笑得眼睛眯成了一条缝，是啊，今天怎能不叫这对久别重逢的老人高兴呢？

原来，这是王奶奶家第一次全家团聚啊！

在欢乐声中，王爷爷拿出一个小布包，周围的人静静地看着。只见爷爷小心翼翼地打开小布包，里面原来是一包芳香的泥土。爷爷抚摸着小孙子的头，深沉地说："这是祖国的土，家乡的土，我一直把它视为珍宝，每次看到它，我就想起祖国，想起亲人……"看着这带着祖国芳香的泥土，王爷爷讲起了那件令人心酸的往事：

几十年前，爷爷和许多青年人不明真相，被饥饿逼得走投无路，被人骗去南洋“发财”。在临上船的那天，爷爷怀念家乡，就带了一把泥土藏在身上。后来才知道，他被当作奴隶，卖到了菲律宾。在那里，他昼夜不停地干活。当他受到凌辱的时候，他常常打开那包泥土，这样，他仿佛看到了祖国，看到了亲人，就更加自强不息。“每逢佳节倍思亲”，每当中秋节到来时，爷爷总是看着那圆圆的明月，遥望北方，禁不住落下了思乡泪。

后来，爷爷听说祖国解放了，人民当家做了主人，思乡心切的爷爷终于克服种种困难，回到了日夜思念的祖国。

夜，渐渐深了，大家却毫无倦意，仰望天空那轮明月，人们都沉醉了，沉醉在幸福之中。

爱国，永远牵动着我们的情怀

◇赏析/邹成平

中华民族历史悠久，可歌可泣的英雄人物更是数不胜数，君不见"留取丹心照汗青"宁死不屈的文天祥，"家祭勿忘告乃翁"、誓死收复中原的陆游，近代的董存瑞、黄继光、邱少云……为了祖国，他们视死如归。壮哉，爱国精神！

《明月曲》恰似明月的温柔，又似洁白光辉的清纯，给我们娓娓道来：几十年前，爷爷被骗出国，带了一把泥土藏在身上，后来，千辛万苦回到了日夜思念的祖国。简单得不能再简单的故事，一个普通得不能再普通的人生演绎，却同样抒写了一个感人至深的爱国情怀！

首先是人物形象的感人。文中的爷爷，上船之际带了一把泥土，这个细微的举动，足见他怀念家乡，热爱祖国；在境外受苦，他用这包泥土来激励自己自强不息，这是爱国的精神让他自信、自尊、自强；看着明月，遥望北方落下思乡泪，正是苏轼一样的气节……寥寥几笔，一个饱含爱国精神的人物形象自然映入了我们的眼帘。

其次是环境的映衬。文章的主题，人物的形象，都是在精雕细琢的环境氛围中得到体现的。瓦蓝的天空，银灿灿的圆月，调皮的小星星，多么温馨的气氛，让人觉得迷人的月色下，万物都是那样美好，加上王奶奶一家人欢歌笑语，幸福和快乐自然不言而喻，结尾再配以同样的环境，让文章神韵天成！

明月曲，一首爱国精神的颂歌！

人的生命中，如果缺少了这种绿色，那么生命就会多生不测。

心中那片菜绿

◆文/倪辉祥

在我走过的半个世纪历程中，陪伴我最多的色彩是菜蔬的绿色。因此，我对菜乡特有之色情有独钟。这绿色时时在我心中涌动，繁衍着我对家乡的热爱，繁衍着我想颂唱菜绿的真诚之情。

菜绿，是一种人们司空见惯的极其平常的颜色，质朴得常常被人忽略。然而它却是人们赖以生存的必不可少的底色。人的生命中，如果缺少了这种绿色，那么生命就会多生不测。时下，随着人们对它认识的加深，开始尽情地享受着这生命之绿。

我对菜绿，确实有着与众不同的情缘。幼时，妈妈抱着我去菜地劳作，将我安顿在田埂上，不安分的小手沾染着青翠的菜绿，至今仍然深深地留在我的记忆深处。稍大些，妈妈在前边挑青菜，而我跟在后面拾着绿中带点黄的菜皮，拿回家喂羊，剁碎了给鸡鸭吃。而小时候农家的餐桌上，顿顿有新鲜碧绿的叶菜，很少吃得上鱼肉荤腥。绿色的菜蔬，给了我生长的足够养料。

插队落户时，我回乡当上了菜农，整天种植、浇灌、培育着绿色的菜蔬，自然而然地增浓了对菜绿的情愫。空闲时，凝视着一片连着一片的菜绿，心中不由滋生出甜意来。置身其中，烦闷自会消尽，舒畅自会涌出。我无数次地徜徉在菜绿之中，交流培育蔬菜的心得，并在这期间获得了爱情。当了教师之后我仍然住在乡间，仍然难以割舍心中的那片菜绿，每逢疲劳或身体不适时，我就会故地重游，借此调节自己的情绪和体能。其效果胜似灵丹妙药。

老家动迁之后，陡然间失去了在田野上散步的机会，看不到那片令人欣喜的菜绿了，顿感若有所失。不是吗？我失去了呼吸清新空气的机会，我失去了菜绿带给我的欢悦。于是，心中的那片菜绿，就会时不时地在我脑海中叠现，勾起我对流逝的生活乐章的思念，那优美欢快的节拍，那激越动人的旋律……

蕴藏于我心中的那片菜绿，从没淡忘过。“下海”办公司选址时，也许是那片菜绿在心中萌动的结果，我毫不犹豫地搬到了至今还是菜乡的明星村，重新获得了散步其间的机会。尤其是我患上了“富贵病”后，我对它更加亲近了。我知道，大自然的绿色馈赠会减轻我的病症。工作之余，我会情不自禁地步入田间小径，沉醉在让人愉悦的菜绿之中。碰得巧，菜农就会挑些青翠欲滴的菜蔬给我，让我如获至宝。

菜绿，你是春天的颜色、青春的颜色、生命的颜色、希望的颜色。时间愈长，我愈珍惜起“那片菜绿”来。

菜绿之歌

◇赏析/刘　阳

绿色，是春天的颜色、青春的颜色、生命的颜色、希望的颜色。本文作者把复杂的思乡之情，深深地寄托在家乡这片希望的土地上，寄托在寻常可见的菜绿里，奏响了一曲菜绿之歌。

作者从小时记忆娓娓道来，言辞中充满了对菜绿的一片感激和热爱，因为这菜绿伴随了作者一生，成了作者生命的底色，生命的养料。于那片菜绿中，作者不仅收获了爱情，而且“每逢疲劳或身体不适时”，这菜绿“胜似灵丹妙药”，可以“调节自己的情绪和体能。”一旦“看不到那片令人欣喜的菜绿”，作者不免怀念起那段菜绿相伴的岁月来。作者实在是离不开那片菜绿呀！你看他为了心中的那片菜绿，竟然把公司选择在了菜乡，作者又回到“让人愉悦的菜绿之中”，沉醉在那淳朴动人的乡情里了。

正因为在作者的人生旅途中陪伴他最多的色彩是菜蔬的绿色，作者才对“菜乡之色情有独钟”，才忍不住借菜绿来抒发对家乡的热爱之情。“菜绿”，不仅是乡情的寄托，同时也是文章的“切口”和“结穴”。有了这样的设计，文章不仅具体丰满、生动起来，行为也变得顺畅、容易了。

然而，古木不朽，梅树根底却蕴藏着无限的生机，许多新枝正是从根部成长起来的。新枝靠着母根吮吸着大地的养分，岁岁繁衍、花枝茂盛，竞争风流。

伸出墙头的梅花

◆文/赵保林

西屋花园的墙脚下，曾祖父在光绪九年植了一株梅树。到我记事的时候，这株梅树已有六十多个春秋了。

四十年后的一个下雪天，我回到了家。悠悠岁月，看到家里陈旧的木屋，破损的家具，是那么的亲切。

在家堂拜谒祖宗之后，我猛然想起我最熟悉的西屋花园里的那株梅树，是否还在。

西屋花园里一切依旧，梅树也依旧。望着飞雪中的梅树，我的心情格外激动，抚摸着斑驳的树身，我在风雪中静静地伫立在梅树下，痴迷地望着那一簇簇的花蕊，忘了一切。

经历过百年的沧桑岁月，梅树的根部已千疮百孔，看上去犹如一件精湛的根雕艺术品。然而，古木不朽，梅树根底却蕴藏着无限的生机，许多新枝正是从根部成长起来的。新枝靠着母根吮吸着大地的养分，岁岁繁衍、花枝茂盛，竞争风流。

我坐在西窗口下，凝视着被飞雪弥漫的梅树，不由得想起了童年时很多关于这株梅树的趣事。

祖父酷爱梅花，一生中写了许多赞梅诗。但他对梅树也有些怪僻，总嫌夏秋季节梅树光秃秃的。偶尔有几个鹊儿在树上喳喳叫着，倒给小园添了几分热闹气氛，祖父是听不得聒躁的。夏天坐在小园里观书纳凉，鹊儿一叫，就唠叨起来：怪聒躁的……扬起大蒲扇晃几晃，"噗，噗"地把鹊儿惊走。

那时我也认为祖父唠叨的也有道理，梅树上除有鹊儿跳跃外，是什么观赏价值也没有的，伸出墙外的梅枝，自然不惹人注意了。

冬末春初，梅树就复苏萌芽了，开始几点稀疏的苞蕾从梅树的枝丫冒丁点儿出来，不到十日功夫，一朵朵的梅花怒放了。

娇艳的梅花映红了墙头上的青瓦，香飘四溢，满园馥郁。

如遇上雪花飘飘的天气，一簇簇的梅花就像一个肤色红润的少女，顶着一层白纱在凛冽的寒风中斗风傲雪。那一红一白相互交融的景色，看着真叫人如痴如醉，肃然起敬。

祖父一天要到梅树边转上几转，捋着长髯，面带惬意。

这时墙外的小巷似乎比往常热闹了些，耄翁耋妇，或是少男少女，走到这里都要翘首观赏伸出墙头的梅花。就是雨雪纷纷的天气，撑着雨伞也有人停下步来观赏一番，"多好的梅花……"人们赞叹着。

几个顽皮的儿童，用石头垫着，或用肩托着，伸手要去摘墙头上的梅花，带回去观赏，但他们只是徒劳，因为墙很高……

临近春节，祖父总要摘一两枝梅花插在家传的明代大青花瓶里。他的书斋房门上，十几年都是那对"小屋除夕无他事，插了梅花便过年"的对子。

每年梅花盛开的时候，街坊上的几位老先生和祖父的一些朋友，都会邀约一下说道：该是到杨家花园赏梅的时候了。

老先生们聚在西厢房里，把着火炉，煮着香茗，啜饮赏梅。"……无意苦争春，一任群芳妒，零落成泥碾作尘，只有香如故。"先生们诗兴盎然，有的吟诵赞颂梅花的千古绝唱，有的赋诗作书来抒发各自的情怀，看着他们的样子，真是快活极了。

梅花，人们似乎对它有一种特殊的感情。那时我毕竟还是稚童，不会理解人们为什么这样敬仰傲雪斗霜的寒梅，直至进了学堂，在先生的教诲下，才懂得了梅花是一种象征，象征着人的气节、品质、情操……

傲雪斗霜的寒梅赞

◇赏析/宋安琪

作者回到阔别四十年的家乡，感觉一切仍是那么亲切，然而心中最惦念的却是西屋花园里的那株梅树。为什么呢？因为梅树有着作者对童年的美好回忆，有着对祖父、街坊邻人的想念，有着对故乡的深切思念。

梅树依旧。作者望着飞雪中的梅树，抚摸着斑驳的树身，痴迷地望着那一簇簇的花蕊，忘了一切。接着，作者就从不同的角度对寒梅进行了赞美。

“历经百年的沧桑岁月，梅树的根部已千疮百孔，看上去犹如一件精湛的根雕艺术品。然而，古木不朽，梅树根底却蕴藏着无限的生机，岁岁繁衍、花枝茂盛，竞争风流。”这暗示了梅树具有强大的生命力，具有蓬勃向上的朝气。这是其一。

其二，作者通过夏秋季节光秃秃的梅树与冬末春初妖艳的梅花对比，突出了对在凛冽的寒风中斗风傲雪的梅花的赞美。因为光秃秃的梅树没有什么观赏价值，而在寒风中斗风傲雪的梅花映红了墙头上的青瓦，香飘四溢，满园馥郁，那一红一白相互交融的景色，看着叫人如痴如醉，肃然起敬。

其三，作者通过街坊邻人对梅花的赞叹，从侧面对傲雪斗霜的寒梅进行了赞美。

其四，“……无意苦争春，一任群芳妒，零落成泥碾作尘，只有香如故。”吟诗作赋，直接抒发了对梅花的赞美。

最后，作者笔锋一转，由赞美梅花升华到对人的赞美，对傲雪斗霜的寒梅赞实际上也就是赞美了人的气节、品质、情操……

有时决心起程，单人独行，又总是在日已西斜时，迷失路途，忘记要经过的村庄的名字，无法打听。

老　家

◆文/孙　犁

前几年，我曾诌过两句旧诗："梦中每迷还乡路，愈知晚途念桑梓。"最近几天，又接连做这样的梦：要回家，总是不自由；请假不准，或是路途遥远。有时决心启程，单人独行，又总是在日已西斜时，迷失路途，忘记要经过的村庄的名字，无法打听。或者是遇见雨水，道路泥泞；而所穿鞋子又不利于行路，有时鞋太大，有时鞋太小，有时倒穿着，有时横穿着，有时系以绳索。种种困扰，非弄到急醒了不可。

也好，醒了也就不再着急，我还是躺在原来的地方，原来的床上，舒一口气，翻一个身。

其实，"文化大革命"以后，我已经回过两次老家，这些年就再也没有回去过，也不想再回去了。一是，家里已经没有亲人，回去连给我做饭的人也没有了。二是，村中和我认识的老年人，越来越少，中年以下，都不认识，见面只能寒暄几句，没有什么意思。

前两次回去：一次是陪伴一位正在相爱的女人，一次是在和这位女人不睦之后。第一次，我们在村庄的周围走了走，在田头路边坐了坐。蘑菇也采过，柴禾也拾过。第二次，我一个人，看见亲人丘陇，故园荒废触景生情，心绪很坏，不久就回来了。

现在，梦中思念故乡的情绪，又如此浓烈，究竟是什么道理呢？实在说不清楚。

我是从十二岁，离开故乡的。但有时出来，有时回去，老家还是我固定的窠巢，游子的归宿。中年以后，则在外之日多，居家之日少，且经战乱，行居无定。及至晚年，不管怎样说和如何想，回老家去住，是不可能的了。

是的，从我这一辈起，我这一家人，就要流落异乡了。

人对故乡，感情是难以割断的，而且会越来越萦绕在意识的深处，形成不断的梦境。

那里的河流，确已经干了，但风沙还是熟悉的；屋顶上的炊烟不见了，灶下做饭的人，也早已不在。老屋顶上长着很高的草，破漏不堪；村人故旧，都指点着说："这一家人，都到外面去了，不再回来了。"

我越来越思念我的故乡，也越来越尊重我的故乡。前不久，我写信给一位青年作家说："写文章得罪人，是免不了的。但我甚不愿因为写文章，得罪乡里。遇有此等情节，一定请你提醒我注意！"

最近有朋友到我们村里去了一趟，给我几间老屋，拍了一张照片，在村支书家里，吃了一顿饼子。关于老屋，支书对他说："前几年，我去信问他，他回信说：也不拆，也不卖，听其自然，倒了再说。看来，他对这几间破房，还是有感情的。"

朋友告诉我：现在村里新房林立，村外果木成林。我那几间破房，留在那里，实在太不调和了。

我解嘲似的说："那总是一个标志，证明我曾是村中的一户。人们路过那里，看到那破房，就会想起我，念叨我。不然，就真的会把我忘记了。"

但是，新的正在突起，旧的终归要消失。

故乡人，故乡情

◇赏析/冉彩虹

这篇散文以叙事为主，以思念故乡为主题，它摒弃了人们常用的对故乡人和事的回忆，重点通过对故乡老屋的描写，来寄托思乡之梦，表达对老家的深情。

总结起来，文章有以下几个方面的特色：

第一：文章篇幅不长，但内容丰富充实：时空的跨度很大。涉及“我”十二岁离开故乡，到现在有了几十年时间，作者没有按先后顺序来排列，而是灵活运用，随时点缀交代，显得灵活多样；空间的跨度也比较大，但重点写了老家和老屋，表现作者对家乡的深情。

第二：文中包含人物和事情很多，人物包括“我”、与“我”一起回乡的女人、青年作家、朋友、支书等，事情包括梦回故乡，回老家两次，在老家的情景，老屋的变化，给青年作家写信，朋友到“我”老家等等，这些都围绕着故乡和老家来写，并不显杂乱，反让人觉得内容充实，中心明确。

第三：本文的构思行文方法独特。文章采用以梦寄情，虚实结合的写法来写思乡之情。作者用梦境开篇，具体写了梦中的内容，然后又写梦醒后，回忆自己“文革”后两次回老家的情景和活动，接着又写梦，然后写“我”的三个人生阶段，最后集中写老屋。这样，以虚写实，以实为主，以梦写家，以家为主，虚实纷呈，详略得当，很好地服务了主题和内容。

我深深懂得，一个看似微不足道的举动也会给别人带来终生的慰藉，一如我，一如我们全家。

寂静除夕夜

◆文/梅朝霞

每当震耳欲聋的鞭炮声四起，绚丽夺目的焰火映亮夜空……我就会情不自禁地想起二十年前的那个除夕夜。

那是“文革”时期，父亲一夜之间被打成“现行反革命分子”。

消息传来，母亲当即昏厥，待醒来已神志不清，语无伦次。这突如其来的打击令母亲不知所措，她疯了。

和美之家一下子抽去了两根顶梁柱，剩下的，除了一个年过半百的姥姥，就是我们几个未成年的孩子了。

日子的艰难可想而知。品学兼优的姐姐含泪放弃了学业，很快在小学当上了民办教师，一天可挣得五分工。尽管如此，家里依然是吃了上顿没下顿。更痛苦的是，精神失常的母亲还时不时对这个破败之家来个毁灭性的摧残。她有个怪癖，平日安安静静不言不语，但只要一看见人流泪或听到鞭炮声（后来才明白她误会成枪声），便歇斯底里地大哭大闹，摔盆砸碗，直至声嘶力竭动弹不得。

因此，姥姥常常嘱咐我们，无论如何不能在母亲面前流泪。

春节临近了，按乡村的规矩腊月二十三为小年，要烧香磕头放鞭炮敬拜祖先，而除夕夜吃年夜饭放鞭炮则是来年好运的预兆。早已被折磨得不成人形的姥姥心力交瘁，万般无奈中将我们姐弟叫到跟前，吩咐道：你们出去给家家户户磕磕头。说说好话，看能不能过小年不放鞭炮，三十再放，省得你母亲接二连三发作，我实在是怕了。

于是，姐姐带着我们出发了。

我们居住的院子前后约有九排七八十户人家。我们从头一排开始，每到一户姐弟四人便一字儿排开，齐齐下跪，告诉她们母亲的病情，乞求他们少放一次鞭炮。就这样我们不过走了十多户人家，人们便一传十，十传百，再后来家家户户都陆续出来人。围拢来的乡亲说什么也不让我们下跪，一位年长的大妈抱起我，含泪道：

“苦命的孩子，我们都晓得，不用磕头了，我们不放鞭炮，一个也不放。”

我牢记着姥姥的叮嘱，拼命忍住泪水，然而，我却分明看见，围拢来的乡亲们全都流下泪来……

小年就这样平静地过去了。

三十那天，吃过晚饭后，姥姥便领着我们着手准备即将面临的灾难。先是将乡亲们偷偷援助的家什一一转移到母亲够不着的地方，然后让年幼的我上床休息，他们四人则和衣而坐，围着小火炉静静地等候鞭炮声给这个家带来的灾难。

那一夜好长好长，躺在被里的我怎么也睡不着。只听姥姥轻声吩咐八岁的二姐守前门，十一岁的哥哥守后门，她和姐姐则设法招架母亲，二姐和哥哥的任务是坚决别让母亲跑出屋。

时间一分一秒地慢慢过去，我终于熬不住睡着了。

也不知过了多久，公鸡的啼鸣声将我唤醒。那一夜，辞旧迎新的鞭炮声始终未曾响起，整个村子熟睡一般鸦雀无声。好心的人们为了不让我们这个风雨飘摇之家雪上加霜，摒弃了几千年流传的习俗，竟然连除夕也没放鞭炮。

以后的日子好过得多，被判刑十五年的父亲只关了一年便得以平反昭雪。父亲出狱前母亲奇迹般康复了。再后来政府又补发了父亲的工资,并将我们全家迁居城镇,就此我们告别了那一方乡土,告别了那些善良的人们。

二十年过去了,岁月的流水冲淡了许多记忆,但是,那个寂静的除夕夜却令我永生难忘,乡亲们善良的义举时时感染着我。熟识的人都说我特富同情心,因为我被乡亲们关爱过。我深深懂得,一个看似微不足道的举动也会给别人带来终生的慰藉,一如我,一如我们全家。

我再次遥望远方,默默祈祷:

愿你们永远平安。

善良让我们感动着

◇赏析/邹成平

当我粗略地读完这篇文章，一种莫名的感动便充塞了我的胸腔，一颗颗善良的心像金子一般在我眼前闪闪发光。

这是一个简单而又动人的故事：一个和美之家遭受了突如其来的打击：父亲被打成“现行反革命分子”，母亲不知所措疯了，并患了一个怪癖，看见人流泪和听到鞭炮声便大哭大闹摔盆砸碗。当春节临近，乡村的规矩在小年、大年里是要放鞭炮的，以求来年的好运，可是善良的人们，为了保护这个遭受磨难的家庭，竟放弃了几年来的风俗，过了一个寂静的除夕夜。

人生演绎了故事，故事散发着真情。为了刻画这群普通而善良的人们，作者首先用我们的极端害怕来映衬：姥姥吩咐八岁的二姐守前门，十一岁的哥哥守后门；那一夜好长好长，时间一分一秒地慢慢过去……不放鞭炮，对别人来说也许微不足道，但通过上面的内容我们看出，就是这样一个微不足道的举动，对这个痛苦的家庭来说，是比雪中送炭更温暖的义举啊！其次，为了凸现这群人朴实、善良的美好形象，作者也将镜头直接对准了他们：当我们的乞求传开，家家户户都陆续出来人，说什么也不让我们下跪；一位年长的大妈抱起我，含泪的安慰……这些不多的语言，却让我们窥视到了一颗一颗善良美好的心灵！

文章中更让我们感动的是：乡亲们的善良义举，潜移默化地影响着后一辈人，正如“我”，不是特富同情心么？

细细品读此文吧，让它唤醒我们心中的善良，让我们的世界充溢着真、善、美！

茶水明净，初品平淡，再品闻香，细品而知其味。

徽州道上

◆文/吴泰昌

傍晚必须赶到屯溪。主人刚沏的新茶喝了二道，还那么青绿，就不得不停杯启程了。皖南晴雨不定，早上还是大晴天，这会儿变脸，下起雨来，离开家乡近三十年了，北方的干燥却不曾使我忘掉家乡雨丝的记忆。中学时，每当春秋远足郊游，最怕的就是阴雨天，晚上睡觉也不踏实，担心屋檐的滴答声。那时我尚未尝过失眠的滋味，一觉睡到天亮。心里有事，四五更时会自然醒来，揉着惺忪的眼睛到天井里去仰望天空。多少次登太白楼、爬翠螺山的兴致，被这讨厌的雨丝抹掉了。

早起听广播，说江面有六七级大风。多年不曾有过的怕雨的心情又潜上心头。昨天与那沙同志约好，上午他从合肥到芜湖，我跟他的车一道去屯溪，我们要参加的座谈会明天开始。这么大的风，轮渡能照常开吗？二十年前有次我从裕溪口过江，赶上大风，轮渡停摆，只好伫立江边，眼望长江浪涛中点点风帆颠簸远去，恨不得一脚跨过江南，去亲吻那令人依恋的青山绿水。现在可不同了。这点风算什么？十时半那沙同志准时过江了。我们从芜湖出发时，漫天的急雨突然驻脚，天空明亮起来，将这座江城涤净一新。

我平日自称是皖南人，不说黄山，连皖南山区还未去过。那沙同志是广东人，在安徽工作多年，皖南山道跑熟了。沿途稍大一点的集镇，多半能说出它们的名字，有时还能长长短短谈些有关的风俗人情的趣话。

中午到了宣城，李白的足迹到过这里，光凭这点，就使这座古城遐迩闻名。友人请我们尝新，泡了本地出产的敬亭碧雪。据说，这茶近年很为中外茶客称道，颇有与皖南名茶太平猴魁、黄山毛峰争势的劲头。我从小随大人养成喝茶的习惯，现在每天至少要换两杯。说实话，无非是驴饮，哪里知道喝茶还有许多讲究，什么粗茶细喝，细菜粗喝，好茶的水冲出来是清的，次茶的水冲出来是浑的。我端起自带的茶杯(玻璃罐头瓶)，茶水明净，透过浮动的新牙嫩叶，能清晰地看到坐在我对面的一位老人。他是我三十年前的语文教师，现在这里的一所中学教书。

这是我今天在途中最意外的收获了。年岁渐渐增大，有时出其不意地在他乡会遇上故人，交谈几句，情感也会被少年往事所牵动。今天不一样。他是熏陶我爱好文学的启蒙老师。一九五四年大水退潮之后，他被调到江北工作。远行时，我们一群十六七岁的伙伴，曾在两岸葱绿的长堤上送别过他，五七年他因发表一篇文章遭受厄运多年，曾被放逐汉县老家务农，据说自学行医，成了附近一带有名气的郎中。前两年才彻底平反，重返教育岗位。我细细端详他，虽然苍老了，却依旧那么干瘦，有精神；当谈起他的近况时，他习惯地做了一个为我异常熟悉的手势，说：现在还好。“还好”，那就好了。至于其他原该探问的一切，我都不敢去触动它。我尊敬地递给他一支香烟，他随手接过，我划亮了火柴……

在我的记忆里，他是吸烟的，烟瘾还不小呢！解放初期流行一种简装硬盒烟，一盒五十支，没有牌子，比较便宜。他的书桌上常常摊开了这样的盒子烟。有次他为北京一家杂志写稿，大概是写《钢铁是怎样炼成的》书评吧。见我进门，放下笔，习惯地伸手摸烟，才发觉烟抽完了。我连走带跑替他上街买了几盒回来。此情此景，还在眼前。现在，我见他吸烟的神态还是老样，不自禁地微笑了。他见我点烟，也笑着说：“你头发虽白了几根，样子没大变，在街上能认出。”我问起当年一些老师，他说多年没联系了，听说多半在皖南各县。

停留短促，我们又继续赶路了。雨越下越大，夹有冰雹，汽车以一小时八九十公里的速度疾驶在弯弯曲曲的公路上。目的地快到了，远近星散着黑瓦白墙的小楼房。我突然意识到，我们正行进在徽州古道上。

品茶的味道

◇赏析/邹成平

茶水明净，初品平淡，再品闻香，细品而知其味，读罢此文，深感文道就是茶道，平中也能藏奇。

蓄势让平中藏波。我们也许没有见过大海，但一定听说过海底的故事：即使海的表面风平浪静，海底也暗藏杀机，波涛汹涌。本文在开头就是如此。作者去屯溪的心情只需一两句话便可说清楚，可作者却在这平淡的叙述中反复蓄势：担心屋檐的滴答声，最怕的就是阴雨天，早起听广播又担心过不了江，想起二十年前遇风过不了江的焦急……作者再三写自己对风雨的真切感受，不正是为烘托后来急雨骤住顺利过江的畅快吗？

真实使人物简中见丰。性格复杂、血肉丰满才能不落单薄，作者的启蒙老师就是这样一个人物形象，文章简单地介绍了他的生平，人生的履历就像一张透明的白纸，没有惊天动地的伟绩，有的只是那个时代大多数人都有的遭遇，接着对老先生的刻画放在了吸烟的细节上，这是个不好的习惯，作者却并没有因此抹去，又通过神态和语言，让读者不难窥视到他乐观的态度，幸福的现状。作者没有用激情来赞颂，更没有用雅词来贴金，但一个生动的人物形象却早已烙印在了读者的心中。

全文语言平实质朴，毫不矫情雕饰，可细细读来，才觉唇齿生香，味从中来。

我想起它们来了，也有一天会像来了一样又去了的。我尽想，从来处来，从去处去，一路走，一路望着祖母的脸。

故乡的鸟

◆文/汪曾祺

故乡的鸟啊！

我每天醒在鸟声里。我从梦里就听到鸟叫，直到我醒来。我听得出几种极熟悉的叫声，那是每天都叫的，似乎每天都在那个固定的枝头。

有时一只鸟冒冒失失飞进那个花厅里，于是大家赶紧关门，关窗子，吆喝拍手，用书扔，竹竿打，甚至把自己的帽子向空中摔去。可怜的东西这一来完全没了主意，只横冲直撞地乱飞，碰在玻璃上，弄得一身蜘蛛网，最后大概都是从两椽之间空隙脱走。

园子里时时晒米粉，晒灶饭，晒碗儿糕。怕鸟来吃，都放一片红纸。为了这个警告鸟儿照例就不来。我有时把红纸拿掉让它们大吃一阵，到觉得它们太不知足时便大喝一声赶去。

我为一只鸟哭过一次。那是一只麻雀或是癞花。也不知从什么地方得来的，欢喜的了不得，把父亲不用的细篾笼子挑出一个最好的来给它住，配一个最好的雀碗，在插架上放了一个荸荠，安了两根风藤跳棍，整整忙了一半天。第二天起得格外早，把它挂在紫藤架下。正是花开的时候，我想是那全国最好的地方了。一切弄得妥妥当当后，独自还欣赏了好半天，我上学去了。一放学，急急回来，带着书便去看我的鸟。笼子掉在地下，碎了，雀碗里还有半碗水，“我的鸟，我的鸟呢！”父亲正在给碧桃花接枝，听见我的声音，忙走过来，把笼子拿起来看看，说：“你挂得太低了。鸟在大伯的玳瑁猫肚子里了。”哇的一声，我哭了。父亲推着我的头回去，一面说：“不害羞，这么大人了。”

有一年，园里忽然来了许多夜哇子。这是一种鹭鸶属于鸟，灰白色，据说它们头上那根毛能破天风。所以有那么一种名，大概是因为它的叫声如此吧。故乡古话说这种鸟常带来幸运。我见它们吃吃喳喳做窠了，我去告诉祖母，祖母去看了看，没有说什么话。我想起它们来了，也有一天会像来了一样又去了的。我尽想，从来处来，从去处去，一路走，一路望着祖母的脸。

自然真切的回忆

◇赏析/张 洁

每个人的心里，都有一方魂牵梦萦的土地。这土地就是故乡。故乡的一山一水，一虫一鸟，一草一木，一星一月，一时一俗，都深深地刻在游子的心中。人们也总是把对故乡的深情具体化为对故乡某一事物的美好回忆和眷念。这篇《故乡的鸟》就通过回忆故乡的鸟和与鸟有关的事，表达了对故乡的深情。

“故乡的鸟啊！”文章开篇就深情地呼唤故乡的鸟。这一声呼唤既为全文定下了感情基调，同时也把读者的情绪调动起来。接着，作者开始以亲切温馨的语调回忆故乡的鸟：“我每天醒在鸟声里。”“我听得出几种熟悉的叫声。”有时一只鸟冒冒失失地飞进花厅里，我们就赶紧关门窗，“吆喝拍手，用手扔，竹竿打，甚至把自己的帽子向空中摔去”，直到这“可怜的东西”弄得一身蜘蛛网，最后从两椽之间空隙逃走。鸟为作者的童年生活该增加了多少情趣！那时的园子里常晒些食物，鸟常常因为红纸的“警告”而不敢来，“我有时把红纸拿掉让他们大吃一阵，到觉得它们太不知足时便大喝一声赶走。”“我为一只鸟哭过一次。那是一只麻雀或是癞花。”我把一切弄得“妥妥当当”的，然后去上学，回来时却发现它被伯父的玳瑁猫吃了。“哇的一声，我哭了。”在成人的眼里，孩子的这些举动也许有些幼稚甚至荒唐，但对孩子来说，一切都是自然的，它发自内心，因而显得十分美好，以至多年以后，成人的汪曾祺回忆起来仍是如此真切。“有一年，园里忽然来了许多夜哇子。”“故乡古话说这种鸟常带来幸运。”它引起了我的思考。“我尽想，从来处来，从去处去，一路走，一路望着祖母的脸。”文章就在这一幅生动的画面中结束。

整篇文章给人的感觉自然真切，原汁原味，没有任何矫情的地方。全文虽无一处提到爱字，但字里行间却满蕴着喜爱之情，眷恋之情。是啊，哪个童年不喜欢小鸟，哪个在乡村长大的孩子心中不藏着一段关于故乡的鸟的回忆呢？

母亲和阿荣伯都念念有词地说："风水烛，年年丰足，年年丰足"……

就在这样欢乐的祝贺声中，农历新年开始了。

故乡的农历新年

◆文/琦　君

天寒岁暮，在异国风雪漫天的夜晚，既无围炉之乐，复少话旧之趣。扭开电视机，唱的都是些不入耳的洋腔洋调。真是老来情味减，只落得屈指数流年了。倒是想起在台北时，每年大除夕，各电视台都有精心制作的特别节目，影星歌星济济一堂，团圆拜拜，恭喜新年，与哔哔啪啪的鞭炮声，烘托出一片喜气洋洋。

我最最怀念的，还是儿时在故乡过新年的欢乐情景。

那时我才七八岁，家庭教师总要在腊月廿三夜祭送灶神、新年序幕开始以后，才放我的年假。从腊月廿四到正月初五，五天年满就要照常上课了。所以这十天是我一年里的黄金时刻。天天在母亲或老长工阿荣伯后跟来跟去，学说吉利话。数数目数到"四"，一定要说"两双"，吃橘子时一定大声地唱"大吉大利（故乡话"橘"、"吉"同音），买田买地。"跨门槛一不小心跌一跤，赶紧爬起来连声地念"元宝元宝滚进来"，阿荣伯听得呵呵笑。母亲高兴起来，会送给我一块香喷喷热烘烘的甜年糕，我就边吃边说："年糕年糕，年年高。"

那时父亲远在北平，但每年冬天都会托人带一件新棉袄给我过新年。腊月廿四那天，我总是对着大镜子把新棉袄穿上，照前照后一番再脱下来，嘴里喃喃念着："妈妈说的，现在不穿，大年初一才穿。"母亲在一旁笑嘻嘻地说："初一着新衣，一年都顺利。"她又说："明天你阿爸回来，一定会带一件闪花缎旗袍给你。"

于是我就眼巴巴盼望着漂亮的闪花缎旗袍。尽管盼望落空，父亲并没回来，但母亲每年仍高高兴兴地忙蒸糕、忙酿酒，吩咐长工做给乞丐的"富贵年糕"，红糖要加足，不要掺糖色(是一种像红糖的假颜色)。阿荣伯也说："一年一回嘛，要他们大大小小吃得高高兴兴的。"他特地雕了一方小模型给我做糕用。我学大人们把蒸熟加了红糖的米团，一个个镶在模型里压平，等凉了倒出来就是整齐有花纹的年糕。我把自己做的小年糕和大人们做的大年糕一一排在木板上，阿荣伯用毛笔蘸了洋红水，在每块上点上一点，就是"富贵糕"了。我抢着点洋红的工作，点一块，念一声"大吉大利。"母亲说："大乞丐给大年糕，小乞丐小年糕。"阿荣伯又用米团做了大大小小的元宝。正月里，乞丐们常常是祖孙三代像一条长龙似的游来了，阿荣伯就把大元宝捧给白发老人，小元宝给他们的孙儿孙女。看他们一个个脸上浮现欢乐的笑容，老人们连声念："天保佑你们大富大贵，明里去了暗里来。"我眼看他们牵着一大串孩子走了，常常问阿荣伯："明年他们长大点了，还当不当乞丐呢？他们为什么不上学呢？"阿荣伯说："他们读什么书？长大了能学会一点手艺，有个正当工作做就算好了。"母亲却叹口气说："只怕他们从小跟着大人讨饭学懒了，不肯学手艺，这就叫穷人的命，富贵的病啊！"小帮工阿喜说："不会的啦！我小时候也当过讨饭的哩，是三画阿王公公把我送给你们家，太太和阿荣伯收留了我，我不是很勤奋吗？"阿荣伯用旱烟筒轻轻敲一下他的头说："像你这样的好命有几个？"我悄悄地跟阿喜说："我们劝大乞丐不要带他们的孩子来讨饭，送他们去小学读书，并不要钱的呀。"阿喜摇摇头说："办不到，你不知道，过年时来的小孩并不都是他们自己的儿女，只为想多点讨年糕，要了别人的孩子来轮流冒充儿女的。"我听得心里茫茫然，问阿荣伯为什么他们愿意跟别人讨饭，阿荣伯却又只顾抽旱烟不作声了。

阿荣伯和阿喜一老一小，是我最要好的朋友，越是过年我越黏着他们。跟阿荣伯在谷仓里摆上元宝，跟阿喜在大年夜点“风水烛”。母亲把山薯切成大小均匀的方块，插上竹签，点燃了小蜡烛。我帮阿喜提篮子在大院落各处摆上，全幢大第都显得亮晃晃一片光明。母亲和阿荣伯都念念有词地说：“风水烛，年年丰足，年年丰足”……

就在这样欢乐的祝贺声中，农历新年开始了。

绘声绘色话新年

◇赏析/冉彩虹

看到这篇《故乡的农历新年》，心中有一丝触动，因为农历新年对我们来说是再熟悉不过了。

这篇文章在结构上很有特色。开头写的是在异国“天寒岁暮”的冷寂无味，只有“老来情味减，只落得屈指数流年”的感慨；然后又回忆了在台北除夕时的热闹“各电视台都有精心制作的特别节目，影星歌星济济一堂，团圆拜年，恭喜新年，与哔哔啪啪的鞭炮声，烘托出一片喜气洋洋”；最后将重点放在了“儿时在故乡过新年的欢乐情景”。这样的对比使得读者也随作者的笔调渐入佳境，仿佛身处故乡的农历新年一般。

作者以童年时的视角入笔，展现场景，很能让人产生共鸣。虽说切入视角是童年，但这儿童的眼睛，不只是将它作为人个体生存发展史上的一个蒙昧无知阶段，而是将湮没在时间之河的记忆中的美挖掘出来。作者将对童年故乡亲友的回忆，当成了一次思想的净化过程，也当成了一次心灵的愉悦之旅。在新年，她跟着母亲或阿荣伯学会了说吉利话；在新年，她知道了“初一穿新衣，一切都顺利”；在新年，她看到妈妈给乞丐送“富贵糕”，从而懂得了善良的含义。这点点滴滴在作者的笔下，都成了感人的画面，都被诗情化了。

文章语言生动形象，富于美感，给人无限的想像空间。作者把故乡的农历新年写得很有特色，给读者留下了深刻的印象。

家，是一个很温馨的概念，所有切实的人生幸福大约都可以包容在其中了。那种缥缈的幻想中的幸福，因为缺少凭依，总是空茫而易逝，而幸福的感觉停留于幻想中。

家园是故乡

◆文/杨新雨

家，是一个很温馨的概念，所有切实的人生幸福大约都可以包容在其中了。那种缥缈的幻想中的幸福，因为缺少凭依，总是空茫而易逝，而幸福的感觉停留于幻想中，也是因为还未曾拥有过真实的幸福吧。家是温暖的，是盛满了爱的，因此许多志士在表示决绝的态度时，便常说要舍弃了家，“匈奴未灭，何以家为？”

革命的氛围笼罩一切的年代，曾号召人们要以某种集体为家，比方有“以厂为家”、“以矿为家”、“以部队为家”等提法，教导人们要有一种“大家”的观念，而从各方面贬抑着自我的“小家”，这却也正暗示了“小家”的可爱，家本来就应该是小我的，便如我们总是赞美爱情的忠贞一样，家如果成了所谓“大我”的家，那就又成了集体或社会，那还能算是家吗？“挈妇将雏鬓有丝”（鲁迅诗）是引领着妻小共走艰辛的漫漫人生之路，全诗虽然是表达着与社会相关的悲愤情怀及其他较复杂的心绪，却于不经意间描写出一个感人的家的形态。

“别妇抛雏断藕丝”（郭沫若诗），好像是为了表示民族的义愤和气节，而毅然决然地舍弃了日本的妻儿。虽然我不大明白，在当时的情形中，民族的义愤与气节，是不是一定要以抛弃妻儿来表达。

如今，决绝的心与需要决绝的事都不常有了，也不再有人以“小资产阶级情调”之类的话来责难人们，以示自己“领导阶级”的血性或刚性，所以如今大家都很多地谈着家，用很温馨的心情与态度，谈论家，本身便成了一件很温馨的事。而有关“家”的内容的读物，差不多成了发行量最大的读物。

从基本的形态来说，家都是一样的，但从细致处说，就各不相同了，尤其对家的感觉，那就更是千差万别，也正因为如此，生活才是丰饶而美丽的。

在我的心里，家的感觉还是停留在故乡。家里是坚忍劳作、说话无多的父亲，从早忙到晚唠叨不停的母亲，而自己是顽劣的整天滚闹在野外的浑身是泥土味的孩子。

故乡的“家”，那范围是比较大的，不像在城市里，“家”就只是局限在一所房子里，因此我觉得应该将故乡的“家”称做“家园”。

家园这个词于九十年代很时髦，尤其在前面再加上两个字，叫“精神家园”，更是高级了许多。因此我于此时使用“家园”这个词语就似乎有了攀附人家的高雅之嫌，或者像是在赶人家快要过时了的时髦。而如今家园的概念还在往大里长，可以代表整个地球了。因此我常常很困惑于原来熟悉的词语突然间时髦起来，突然被赋予了不凡的意义，使得我不敢轻易使用这本来是普通的词语。这就像一个小职员突然升了大官，使得人不敢以原本的态度来对待他。

故乡的家是有院子的，院子里栽有杏树、桃树，还有核桃树、枣树、桑椹树等。总之在院子里的树都是结果实的。到了季节，累累的果实拽弯了树枝，孩子们放了学就猴上树去，直到吃痛了肚子酸倒了牙，方肯下来。

院子里还有小菜园，长着自种自吃的蔬菜，不必去买菜，也没有地方可以买菜。刚刚还长着的菜，拔几棵起来，拍打几下泥土，一洗，鲜灵灵地下了锅。还有南瓜、豆角、黄瓜、西红柿等等，都可以等着它长到最好的时候才去摘取。

养一两头猪，一般是年终就要宰了吃的。宰猪时，母亲就闭了门，不忍看她每天喂食的猪被捅进刀子的惨状，虽然那惨叫声声入耳。而持刀的父亲却仍是面无表情，宰猪与其他农活一样，在他并无明显的区别。而做孩子的，是又害怕又想看那宰杀的刺激场面，更在盼着吃肉。

满院子跑着鸡，而其中总有一只羽毛鲜丽的大公鸡，高视阔步地巡视着，做出引领着众鸡的姿态；它们可以随意地跑到街上去觅食，但总会自己返回来，晚上就自己进窝、上架。主人再给它们插了鸡窝的门，防止黄鼠狼趁夜咬死它们，因为它们不像猫和狗，黑夜里仍然可以看清东西，人们甚至说猫与狗在夜里看东西更清楚，而鸡与人一样，到夜里就看不清东西了。鸡要多养几年，因为要它下蛋，等它不下蛋了，照样毫不留情杀掉煮了吃，乡村的人并无多余的慈悲心肠。

也有养狗的，但那时乡村里的狗都高大而挺耸，绝少那种低眉顺眼摇头摆尾的样子，也并无如今在城市里当作宠物的卷毛小狗，不知如今这宠物狗是不是就是过去村里人们鄙夷地叫做哈巴狗的那种狗？那时故乡的狗并不见了生人就乱叫、乱咬，它们的职责也不是看门，过去乡村并不怎么需要看门，一来是民风淳厚，二来是各家都互知根底，无须过多的防范。也没有被拴了绳子的狗。那时周围的山里是有许多野兽的，所以狗们的作用是守护整个村庄的。那些狗们也似乎大有古风，秉性深沉而勇毅，是狩猎时代的遗风吧，它们总在村外的宽阔的田畴间三五成群地活动，常有追逐野兔的激动人心的场面。它们若在深夜里叫起来，人们会想，可能是狼进了村。儿时还曾听过村民绘声绘色地讲述狗与豹子搏斗的事：好像是为保护主人，许多狗与一只豹死战，但豹也可算是兽王，岂是狗所能敌？最后狗死亡大半，极其惨烈。

家养的牲畜都像是家庭成员一样，感情相通，惺惺相惜。有时你会在苍翠的山间小路上，赶一匹驴走着，比起骡马来，驴显得身单力薄，却很能负重，它可以驮着三百余斤重的东西，走十几里甚至几十里山路。在寂静的山间，只有你与它两个相伴而行，没有语言，却好像什么都感觉得清楚，有着共同的心绪。在牲畜对人的依从中，你会觉得牲畜是非常善良的，你还会觉得它们是非常苦命的。你会想，人除了有身体上的苦累，也有精神上的苦累，而牲畜又何尝不是如此？不过是你不懂得它罢了。而你是它的主人，你与它都知道这一点，但你不应该随意抽打它，你要关心它。走到有水的地方了，你要让它喝几口，路途较长时，你要让它在中途歇一会儿，喂它的食料，你应该弄得干净一点。

村民们常常上山去砍柴，在高高的山峰间，你会看见几个村庄，并能看见自家的房屋。当你看见了自家的房顶上已经升起炊烟，你感到的那种确实的温暖与幸福是无可比拟的。在夏秋之季丰茂的田野里，你坐在一个地埂上，看着被阳光浸染的某一片叶子，你会感到有一些东西在心里静静地滋长，你会感到一种奇妙的激动。

同一个院子里住着的邻居，大多都是一个族姓的，大人们有时不和气，但孩子们却总是私下里的玩伴，他们没有什么利害冲突，只有些小脾气小性子而已，他们一天也离不开对方。

而城市里的“家”，像是一个个笼子，里外都是表面的装饰，充满了化工材料的气味；而房屋又是被拔离了地面的，居住其中，是永远的不切实的感觉。应酬与交际是最重要的事情，物质生活总是被时髦引领着，你甚至根本就买不到不是时髦的衣物与食品。而精神生活更是充满着虚饰的色彩。

故乡的家园只与我的童年与少年连在一起，如今我被城市生活所改造，早已习惯了城市的一切，事实上，我们不能够再返回故乡，正如不能够再返回童年与少年一样。于是对故乡和童年的忆念，就有了永久的价值。

于是我觉得，童年和少年时代能够在乡村里生活成长，是一种幸运，因为那是在初期的生命过程中拥有了自然的本真的生活基础，就像拥有那里的清新空气与本色的自然环境一样。我觉得自己因此拥有了真实生活的无限记忆，有了切实而丰富的心灵基础。

童年时候，在寂静的山乡里曾经感到心灵的荒芜和渴望，似乎很幸运地，终于走进了城市，领受了丰富的或者叫纷繁的内容，有了各种新的欲望和新的满足，有了哲人似的感悟，自以为能够理解事物的乃至世界的本质了，然而却无法消除精神上真正的荒芜感。

古人对心中的愁绪曾经有过充满无限诗意的表达，而如今精神上的孤寂感却越来越远离诗意，我们的精神日益凌乱，日益变异，我们无可消解，无可逃避，我们无法控制或摆脱自己。故乡也在变异，回忆的温馨也并不意味着原本的温馨，所谓温馨的童年，大多只是回忆所赋予的感觉。

如果我们曾经有过故乡的家园，那么，在我们离开它以后，我们就永远不再有家园了。

巧用对比暗含讽喻

◇赏析/王书文

本文从解释家和家园的概念入手，谈故乡的家，讲城里的家。说昔日的家，议今日的家，写出了作者对故乡家园的一往情深，表达了身居尘世的一种无奈与惆怅感。

巧用对比。主要是把故乡的家和城市里的家作比较，写出故乡家园的自由、真实、和谐、亲切，同时，也把古人对家的诗意诠释与今人对家的理解作对比，也把“革命的氛围笼罩一切的年代”有关家的理解与现实的解读对比，还把名人(鲁、郭)与普通人对家的情感作对比，特别是把心中的家园故乡与现实中的家园故乡作比较，更是透出一种沧桑感。

暗含讽喻。文中没有尖锐地讽刺什么，但讽喻是无处不在的。如引用名人的谈家的诗句、谈家园的时髦解释、讲“哈巴狗”的文字、讲故乡真正地关爱生命——牲畜的生命与情感、讲城里家的装饰与异化等，无不充满嘲讽，暗含针砭的锋芒。当然，没有失之于片面性，也就是说，也点出了故乡家园的不足及城里的家给我的帮助，特别是“我们无可消解，无可逃避，我们无法控制或摆脱自己”等句，写出了一个现代都市人的真实心语。

真正懂得乡情，
总是在分别之后，
那无边无际的思念，
是一条不止不休的河流。

真正懂得乡音，
总是离家很久，
那熟悉的声音，
是一杯暖心醉心的美酒。

难忘那片白桦林

每个人的心里，都有一方魂牵梦萦的土地。这土地就是故乡。我们有时把故乡某一具有特征的事物当作故乡的化身，于是它成为世上不可代替的一个，就像那片记忆中的白桦林……

如果站立某个山头梁峁朝那边远远看去，极像一片飘浮的白云，很有诗意地闯进你的视野，令人生出许多遐想，使你由衷地赞美大自然的纯洁美好。

那片白桦林

◆文/拜学英

这些年来，真有些慢待点缀美化故乡山水的一片片煞是好看的白桦林，那是多么充满诗意呀。

故乡并不辽远，宽阔的地盘，树木葱郁，森林莽苍，最引人最让人忘不了的是一株株、一丛丛、一片片葱郁茂盛的白桦。

钟情山水的游人们始终关注的是白桦独特的风景意义。单从它不寻常的生长分布上，就值得让人回味。你看，要是生长在一大片一大片碧绿如荫的其他林木之间，雪白的躯干和树杈就显得特别鲜亮悦目，真正的万绿丛中一片白，纯洁的白，不加任何修饰的白，净化山野的白。而更为有意义的分布现状却是相对完整独立的一大片一大片，其间杂树甚少，就显得特别轻盈活泼，生机勃发，潇洒从容的演绎着茁壮成长的生命过程。如果站立某个山头梁峁朝那边远远看去，极像一片飘浮的白云，很有诗意地闯进你的视野，令人生出许多遐想，使你由衷地赞美大自然的纯洁美好。

白桦的生命是顽强神奇的，不选择地域的优良，在北国的山洼里扎下倔强的根系，在坚硬的冻土里延伸，在冰天雪地里生长，在寒风凛冽中摇曳，就这样顶风冒雪，生长成一株株顶天立地的形象。微微春风，淅淅夏雨，似乎才能听到一阵白桦林的摩挲细语，像是在诉说自己的喜悦。

深秋，大山层林尽染，披上多彩的盛装，这是故乡一年中最美最撩人最让人遐思万千的季节。白桦树越发白得耀眼夺目了，茂密的枝叶变得火一样红，雪白的树干，火红的树叶，对比多么明显。

我被浓墨重彩的山野美景浓浓地围裹着，白桦笔直粗壮的枝干始终是秋野山色的一道亮丽风景，多看一眼，就多一份享受。最终，有这么几棵粗壮的白桦跃入我的视线：枝杆上有一两段红黑相间的颜色与洁白的树身显得那么不一致。走上前仔细看，树皮让人剥去了。因为白桦的树皮有着浓郁的油质，燃性极强，山民们常用来引火之用。一处洁白亮丽的风景无端地遭到破坏，多么可惜。

后来，我去一位朋友家做客，见他居室的墙壁上悬挂着一块做工精细的镜框，镶着一幅像西方抽象派画家随意涂抹的油画，却又不是画在纸上，用手触摸，仔细分辨，才知是白桦树皮。我不解其意，朋友说你仔细看。我费了好一阵工夫，终于发现，这不正是一幅海上行舟图吗？树皮上平顺的纹路不正是海水的微波么，树皮上错落有致的几处黑斑点不正是扬帆起航的船么？

我佩服朋友的艺术发现，把一张张山民们剥去引火之用的树皮当作高雅的艺术品欣赏，还真有些归复自然的味道呢！

那位朋友还颇为得意地说，如果可能的话，他欲开发制作这种工艺品。这时，我忽然想起在白桦林中看到的那几棵被剥去一段树皮，呈黑红颜色的白桦树身那么不协调地生长在深秋美丽的林子里，我不由地叹息起来。朋友看出我表情的某种变化，连忙说他只是偶尔为之。不过，我再没有一点心思欣赏那件艺术品了。

白桦树的生命的确是顽强的。次年春上，我领着一帮文学界的朋友去故乡的山野转悠，我发现那几棵白桦并没有因为被剥去几截树皮而枯萎不振，照样抽枝吐绿，根深叶茂，展示练意，宣扬白色。不过那几段被剥了皮的部位经过严冬寒风的吹刮煎熬，变得粗糙不堪。

我和朋友们惊讶了，惊讶生命的无坚不摧和顽强不屈。

热烈与冷峻的思索

◇赏析/莫茂芝

白桦树，在宁夏农村是再普通不过的了。本文作者对家乡的白桦树的情感一波三折，让我们在作者热烈与冷峻的思索背后，看到了作者对家乡的无比热爱。

文章一开头就用“慢待”一词表达了作者对故乡白桦林赞美的那种急切与热烈的心情。白桦林为何这般牵扯着作者的心？它是怎样的充满诗意呢？作者以优美的笔墨热情地介绍了白桦林的白，白桦生命的顽强，让人于诗情画意的美景中生出许多遐想。然而正当作者沉醉在这“浓墨重彩的山野美景”时，一种与白桦林洁白的树身极不相称的红黑相间的颜色刺痛了作者的心，“洁白亮丽的风景无端地遭到破坏”令作者惋惜不止。到朋友家做客发现白桦树皮做的艺术品后，先是一阵浪漫的欣赏，一旦意识到白桦林遭到人为的破坏，作者“再也没有一点心思欣赏”了。作者这种对家乡、对自然的热爱之情自然流露，于冷峻的思索中表达了对家乡未来发展的关注。

“白桦树的生命的确是顽强的”，被剥去树皮的白桦次年春上竟然没有“枯萎不振”，而是“照样抽枝吐绿，根深叶茂，展示练意，宣扬白色”，在惊讶“生命的无坚不摧和顽强不屈”的同时，作者也在深情地告诫家乡的人们：保护好美丽的家园。

这是一幅多么凄美而艳丽的图画啊!听着这样的传说,这样的一幅画从此就在我心里生了根,让我产生无限的遐想,迷蒙中仿佛我就是那桃姑。

千里桃花相映红

◆文/姚明红

“在那桃花盛开的地方,有我可爱的家乡……”多少次,这歌声令我魂牵梦绕,把我的思绪带回那遥远的久别的故乡。

汪伦仰慕李白,不得见面,虚托说他的家乡有“十里桃花”,引得李白这位大诗人远道而来,原不过是一潭名为“桃花”。李白感于汪伦的深情友谊,留下“桃花潭水深千尺,不及汪伦送我情”的千古名句。而我的家乡,真的是盛产桃树,当然也是桃花垂青的地方。每到春风过后,三月盛景,桃花一片连一片的开,何止十里呢?

我家乡的人们喜欢种桃树。房前屋后,哪家没几棵、十几棵的桃树呢?更有桃花涧,那里现在可是一个很美也很有名气的风景区。桃园漫山遍野都是。春光正好的时候,一朵朵桃花娇艳欲滴,笑脸迎人。勤劳的蜜蜂和“舞蹈家”蝴蝶,自由自在地穿行其间。这情景仿佛是要把长眠的李白唤醒不可。桃树的花期多在三月份,没有叶,只有花,粉面佳人,香气浓郁,有“三月桃花胜仙花”之美称。每逢三月十五桃花盛会,人们从四面八方涌来,聚集在桃花涧,或拍照、或作画、或赛诗,人共花争春,真是“人面桃花相映红”。

夏天，丰盈的雨水滋润着大地。桃花涧，水满涧阔又清澈见底。阳光洒在水面上，波光粼粼，像给水面镶上了一层闪闪发亮的银片。桃树的干越长越粗壮，叶片层层叠叠，舒展开来又紧紧地簇拥着，远远地望去，一棵棵桃树就像一把把绿伞。人们躺在桃树下乘凉，望着那一个个还是绿色的肥桃，心里乐得开了花。大人们总要告诉孩子们“不许摘，还没熟呢。”而孩子们早就馋得口水流了几尺长。

“雨润石苔绿”的夏天刚去，“露湿菊花黄”的秋天便来了。那成熟的桃子挂满枝头树梢，黄红相间，白里透粉，鲜嫩欲滴，恰似小女孩含羞带笑的脸蛋，叫你不忍心咬它。可那调皮的桃香，又丝丝缕缕的直钻鼻孔，挑起你的食欲，叫人欲罢不能。胖娃娃般的桃儿比赛似的排在树梢，好像想让人评出谁更可爱。这哪里是人间俗世，简直是王母娘娘的蟠桃会。

冬天，雪花飞舞，桃花涧宛如洗尽铅华的女子，银装素裹。绿叶早落了，红桃也早摘了，枝头缀满了亮晶晶的银条儿，乍一看，恍如不小心走进了一个童话般的梦境。

桃花涧的桃树当然不是天生的。人们爱种桃树是源于一个在家乡人尽皆知的传说。

相传这里本是荒凉的山沟。一个叫桃姑的女子从小便在这里种桃树。为了种桃树，她终生未嫁，桃树便是她的儿女。她用一生的心血，终于让这方圆十里的桃花涧成了桃树的天堂。传说她临终前，神情欣慰，嘴角含笑。而那一天，所有的桃花飘零一地，顺涧水而漂的桃花伴着她到天堂。这是一幅多么凄美而艳丽的图画啊！听着这样的传说，这样的一幅画从此就在我心里生了根，让我产生无限的遐想，迷蒙中仿佛我就是那桃姑。

我的家乡的一绝当属桃树，可还有一绝那就是孙悟空的花果山水帘洞，那又是另一个神奇的地方，另一个有趣的故事了。朋友，有兴趣去看一看吗？说不定你能碰上桃姑或孙悟空呢。

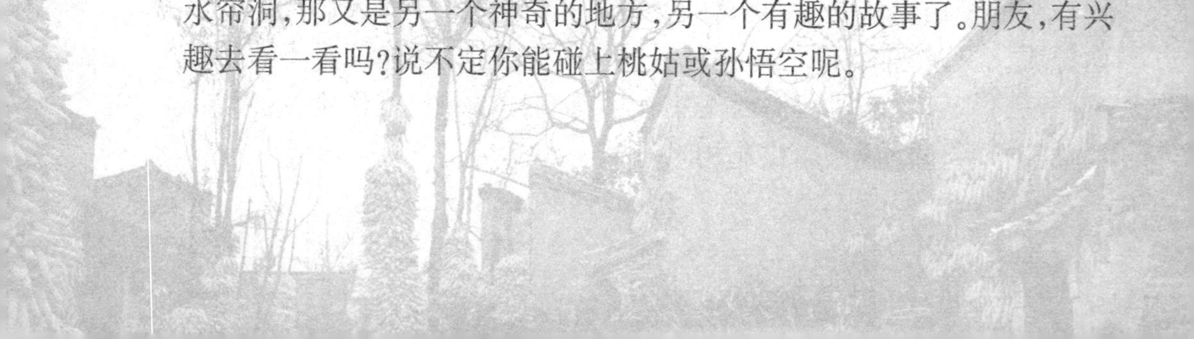

涧含情，花含笑

◇赏析/莫茂芝

美丽的自然山水是久居都市丛林的人们释放压力放飞心灵的好去处。作者是一个年轻的深圳移民。在深圳这样的移民城市中，往往深藏于心的最美的山水是在故乡。这种浓得化不开的情结，会在深圳人身上代代相传。

此文以时间为序，写了故乡桃花涧春夏秋冬四季美景。作者扣住了桃花的四季特色，将美景写得有声有色。写春天紧扣桃花的色彩与香味，描绘了游人赏花，鲜花映人，“人面桃花相映红”的特点，写秋天则紧扣桃子的鲜嫩香长，突出了春华秋实的特点。文章在构思上既写了桃，更写了人，无论是桃林赏花，还是桃林品桃，或者桃姑种桃，都是围绕着文章的暗线歌颂勤劳善良、美化生活的家乡父老来写的。绘自然景观，不忘颂人物风貌，这是作者的匠心巧营。

美的山水当然得配以美的文字。文章表现了作者较好的文学功底。这一点首先表现在使用了丰富的词汇上。其次，表现在引用了大量的古诗文上。其三，表现在细腻的描写上，写叶写桃，写桃姑临终前的神情，这些描写都细腻传神。第四，表现在色彩的铺设上。因作者有一定的文学功底，又有独特的构思，所以写出了成功的文章。

年年岁岁，世世代代，竹海人就这样在这竹的海洋里，将自己的心性陶冶得如竹一样清直，让竹和竹文化彻彻底底地融入自己的生活和生命。

竹乡之恋

◆文/张　瑞

我国的许多名山大川，都因拥有独特的自然旅游资源或人文景观而获得了“天下第一”的美名。如“泰山的雄”、“华山的险”、“峨眉的秀”、“青城的幽”……大江南北有的是锦绣美景，长城内外多的是古国文明。然而有谁能将其合二为一，使之既有天然巧成的绝妙佳景，又有古朴独特的民俗文化?!这，便是蜀南竹海——一颗镶嵌在川南的璀璨明珠。它因拥有世界罕见的竹林林海景观而得到世人的高度赞誉：“蜀南竹海天下翠”。

竹海美，美在“秀”。在这竹的海洋里，修管接天，苍翠欲滴。二十八条峻岭，条条如苍龙出海；一百多座山峦，座座似青黛点点。

竹海美，美在“幽”。信步林间：朝可闻杜宇啼鸣，暮可听琴蛙奏吟；晴可览天光云影，雨可赏烟雾迷离。远离了城市的喧闹和繁杂，有的是清闲和宁静。无论从哪个角度去审视，竹海都是一帙诗一幅画一首歌。

竹海美，还美在“雄”。不必说那丹崖断壁的陡峭，那飞瀑溪河的激越，也不必说那古亭老寺的峻伟，单是那万万千千竿柔竹构成的浩翰世界，就足以感动人，摄攫人，让人真真切切地感受到自然的神与力。

竹海美，更美在“奇”。竹海奇，奇在集丹崖、溪河、湖泊、古迹、洞穴为一体；竹海奇，奇在融自然风景和人文景观为一体，并佐之以源远淳厚的民族风情，那别致的竹房舍、精巧的竹用具、高雅的竹工艺和丰富的竹食品，无不昭示着竹是如何在千万年与人类的息息相依中成为一种精神，成为一种文化，融入人们的生活和生命。

蜀南竹海，还美在“异”。春的步履，在竹海很蹒跚。当外面的世界已是新芽满枝，蜂飞蝶舞时，竹海却依旧是一片沉寂。山，还是去年的黛青，几丝细腻的春雨，只洗去了修竹古藤的几许风尘；水还是如以往的一样清澈，虽然山间沟渠都满满当当了，却静默如初，一点也不急躁。脚下是红色的土壤。插满秧苗的水田在阳光下银波粼粼，像一面点缀着碎珠的巨大镜子。清新的竹林衬托出烟雾缭绕的青色山峦。并排而立的竹子，像是忠实地保卫着它们赖以生存的山坡……竹海的冬天，别具情趣。千山万壑，依然葱茏如初，碧绿如初，若不是拂面的风有些刮脸，若不是身上的衣裳有些臃肿笨拙，你说不定忘记了这是在冬天。但若是雪稍大些，那竹海的景与平时就不同了。雪花在竹的枝叶上积成厚厚的棉团，有时枝叶繁茂成是主干纤细的竹，不堪重负身上越积越多的雪，每隔一段时间，就会被压得慢慢俯下身去，抖落一身银色，尔后又挺直腰身；也有的终于还是被大雪压折，倒伏在路旁道边，不多时，雪便把它装扮成白色的屏障，一路走去。在雪的掩盖下，墨绿的竹叶正向你展示永恒，不留意碰落树枝上的积雪，你会发现腊梅已吐出点点绯红的蓓蕾，只有土中的冬笋在沉睡，它们在等待，等待这一场雪的融化，等吸饱了这大自然的琼浆，便会破土而出变成一个个崭新的生命。

年年岁岁，世世代代，竹海人就这样在这竹的海洋里，将自己的心性陶冶得如竹一样清直，让竹和竹文化彻彻底底地融入自己的生活和生命，展现给世人一幅源远淳厚的竹海风情。

蜀南竹海天下翠

◇赏析/孙 闻

蜀南竹海，位于四川长宁县，不仅具有天然巧成的绝妙佳景，还具有古朴独特的民俗文化。作者从小喝竹根水长大，迎着清爽的竹风成长。在这篇文章中，作者对家乡的真挚情感流于笔端，使每一个读者了解并认识了竹海的秀丽景色和竹海风情。

蜀南竹海的总的特点是——“天下翠”，一个“翠”字，是说她的色，又青又绿，如翡翠色；是说她象征生命，年轻而生机勃勃；是说她的品位，压群芳而甲天下。

竹海的美，美在她的秀、幽、雄、奇、异。因前四个特点不是林海所特有的，故作者在写这四个特点时均采用了略写。在具体写“异”的美时，作者用浓墨重彩绘制了一幅春色图，特别是又用拟人化的笔法绘制了三幅冬雪图。一幅是“俯下身去拌落一身银装”，“又挺直腰身”；二幅是“倒在路旁”，“扮成白色屏障”；三幅是“冬笋在沉睡”，等吸饱了琼浆，便“破土而出”。一连串极富生命力的动作，展示出不屈不挠的斗争精神，天下绝无能与之媲美的第二！这才是蜀南竹海独特之美。

不肯一竿独秀，总是相依成林。
纵然长大成才，依旧节节虚心。

家乡的青竹

◆文/佚　名

我的家乡在青川的一个优美山乡，那里四处都挺立着密密丛丛青葱爽目的竹子。我爱家乡的青竹。

汽车在公路上飞驰着，放眼家乡，只见一幢幢青砖碧瓦的房舍巍然矗立于青竹四围之中，伴之炊烟袅袅，活像一幅优美壮观的国画，煞是迷人。

家乡的青竹，以家竹居多，此外还有岩竹、箭竹。而家竹又分为瓷竹和斑竹两类。

瓷竹大都高达数丈，竹节也颇长，常达两尺多。竹干由于高，它的顶尖便如同坠了什么似的，成弧形弯下；干上丛生着细长而青翠的竹枝，上面覆盖着浓荫的竹叶。成箭尾似的竹叶向四面伸长着，那气势真像待发的利箭，给人以英姿焕发之态，令人不得不为之振奋。那斑竹，更是不甘示弱。它们茎干粗壮，俨然而立，犹如一支支林立的标枪，置身于竹林浓荫的怀抱，四处鸦雀无声，青枝摇曳。手抚光滑的竹干，低声吟上一首优美的小诗，那可真有点隐士之趣呢！这些苍翠的竹子，大凡名人壮士都喜爱它那高风亮节。与世无争的超然气度，总爱于壁上留下它们独立广宇的傲岸情态，再附上一首小诗，为他们优雅闲逸的隐士生活更增添了无限的乐趣。

这些可爱的竹子，不仅以它独特的风姿美化了人们的生活，然而更可贵的，还在于它们为人类的生活作出了无私的奉献。

每年春二三月，几阵濛濛的细雨之后，一夜之间，平时浅浅的空竹林地面，神奇地生出了密密麻麻、崭露头角的小竹笋。再过一两天，这些曾只有三四寸长的竹笋，就像吸收了速效生长素似的，已有三四尺来高了；再过几天，便高达丈许了。就这样，没过多长时间，它们便长得又高又壮，亭亭玉立了，几乎再没有哪种植物可以跟它比似的。

当新竹茁壮成长的时候，老竹为了使下一代更好地生长，便悄悄开起了花，让出地位，同时自己也让人们挑选出去，投入到建设之中。新竹成长起来，依旧同老竹一样，不露头，不争名，时刻等待着为人民奉献出一切。这是何等高尚的品格啊！当我们一想到这里，便不由得想起了这么一首诗：

从不旁生枝杈，主干抖擞精神。
不肯一竿独秀，总是相依成林。
纵然长大成才，依旧节节虚心。
老竹悄然开花，让位遍地新笋。

这就是对家乡青竹的生动写照。

我爱家乡的青竹，因为它象征着勤劳质朴的家乡人。

解读青竹

◇赏析/邹成平

读罢此文，青竹的形象总是难忘，眼前时时闪现出这样的一幅画面：一场春雨过后，神奇的土地上便冒出了密密麻麻的小竹笋，不到几日，几纵几跳，小竹笋便高达丈许了；而另一头的老竹，却默默无闻，任凭人们的挑选，投入到建设之中，等待着为人民奉献出一切。

不争名，不争利，不索取，只奉献，这就是青竹的精神！

我不由得想起了袁鹰笔下的《井冈翠竹》，野火烧不尽，春风吹又生的竹子呀，它们想到的就是把自己变成对人民、对社会有用的材料，他们压不弯，打不倒，要告诉别人的就是中华儿女的铮铮铁骨……

我又想起了茅盾的《白杨礼赞》，在这位革命斗士的眼中，白杨树早赋予了人的精神，植于了人的筋骨，它们不弯不斜，笔直冲天，紧密的团结在一起，这不是在写树，而是在写北方边区抗日军民的一颗颗红心呀！

我又想起了《家乡的青竹》，它们不仅以自己独特的风姿美化了人们的生活，更可贵的，还在于它们为人类的生活作出无私的奉献。它们英姿焕发之态，让人振奋，他们高风亮节，与世无争的超然气度，让人视为楷模，他们生长迅速，又高又壮，无物可比，他们不争名夺利，默默奉献，品质是何等高尚！

家乡的青竹，早已成为勤劳质朴的家乡人的象征！正如井冈翠竹、北方白杨一样，都象征着一种人，都象征着一种精神，永远留在了我们的记忆里！

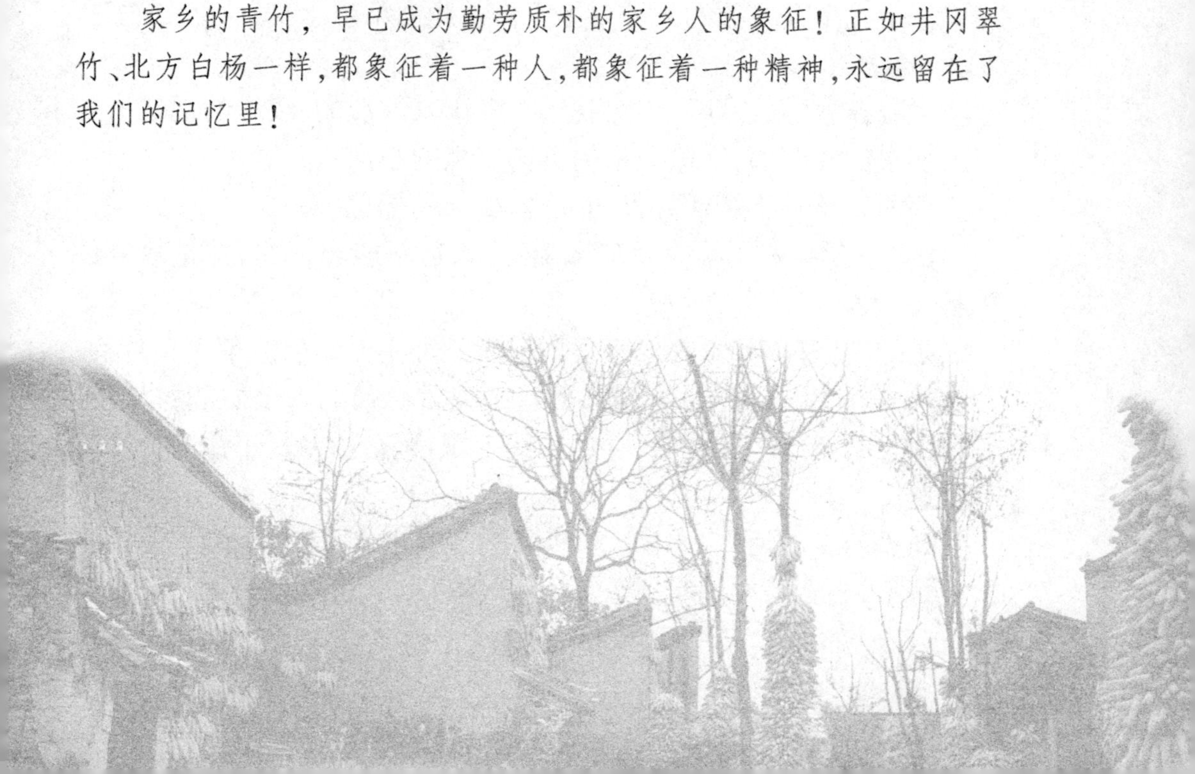

从它身上多少我们不是可以悟到某种有益的启示吗？它那种风格，那种乐于献身的精神，不是很值得我们学习吗？

故乡的芦苇

◆文/樊发稼

长江口外，黄海之滨，有一个绿色的美丽的海岛。那就是我的故乡。

二十几年在北国的大城市里工作，我常常想念我远在南方的故乡。

生我养我的故乡啊，你给我留下多少梦幻般的、缤纷的记忆——

那密如蛛网的、纵横交错的清清亮亮的小河；

那朗朗秋日下熠熠耀目的、洁白如云的棉花……

然而，多年来尤其令我梦牵魂绕，永远不能忘怀的，却是故乡的芦苇。

是的，就是那些看来似乎很不起眼的朴实无华的芦苇。一片片，一簇簇，碧生生，绿油油，迎着轻风，摇曳着修长的青玉似的秀枝，远看犹如一朵朵绿色的轻云，在地平线上飘拂着，给乡村平添几分恬静和飘逸。

几乎所有的河沟，小湖，池塘，都有绿色的芦苇掩映着。

每年，当春风刚刚吹谢雪花，故乡的芦苇就迫不及待地从还未退尽寒意的泥土里探出尖尖的靛青色的脑袋。它长得很快。要不了多少日子，它就可以长到几尺高，快活地舒展出它那扁平的狭长的叶子。

——到这时候，我和小伙伴们最喜欢摘一片芦叶，熟练地卷成小小的哨子，放在嘴边，吹出各种悦耳的乐音，孩子们为这美妙的声音所陶醉，在亮晶晶的小河边，在碧青青的草地上，快乐地奔跑着，忘情地呼唤着……

我们还喜欢用芦叶折成绿色的芦叶船。手巧的伙伴，还会从旧火柴匣上剪下小片片，当作舵，安在小船的尾部，还用香烟匣里的锡纸做成小小的银色的帆叶。我们一个个光着小脚丫，蹲伏在河滩上，小心翼翼地各自把小船移到水面上。“开船！开船！”于是，在一片欢呼雀跃声中，绿色的“船队”便满载着我们纯真的幻想之花，顺流而去……

围在那星月交辉的夏夜，我最喜欢带着弟弟到芦苇丛中抓纺织娘。纺织娘通体透明，头上长着两根细长的触须，身上裹着两片薄薄的玻璃纸似的羽翼。我们把捉到的纺织娘小心地放进小竹笼子里，怕它们饿，就塞进几朵金红色的南瓜花。然后将笼子挂在蚊帐架上，任纺织娘用好听的歌声伴我们进入甜蜜的梦乡……

啊，故乡的芦苇！因为你给过我不少童年的欢乐，所以我一直对你怀有一种特殊的亲切之感。每每想起你，我就会沉浸在童年美好的回忆之中……

随着年龄的增长，阅历的加深，我对于故乡的芦苇，又逐渐加了一层钦佩以至崇敬——

它几乎无所不在。凡有人烟之处，就有它蓬勃的生命。

它不喜欢单个儿独处，而总是集丛而生。无论什么时候，总是根根相连，叶叶相依，互为提携，相亲相爱，结成一绿色的集体届此再猛再烈的风也刮不倒它。

它所求甚少，它从不占良田，不需要给它特别施什么肥。即使在十分贫瘠的土地上，它也能挺干抽叶，顽强地生长。

对故乡农民来说，它是取之不尽的建筑材料，常用它搭瓜棚豆架，打篱笆，编苇席、苇帘子；用芦苇盖的房子，冬暖夏凉；把芦苇秆锯成一截截后，可以做织布用的纡子轴、笔套，抽烟的又可做烟嘴；它还是造纸的好原料；每年春节，给孩子做花花绿绿的马灯。八角灯，少不了要用芦苇做支架；芦蔑又可做风筝、编制各种工艺品；散发着特有的清香的芦叶，可以用来包做雪白的芦根，又脆又甜，可以食用，还可以治病；芦花可以做枕芯，贫苦人用它做的芦花鞋，既保温又御寒；芦苇还可以当柴烧，芦灰又可做肥料……

故乡的芦苇真是一种极其普通但却有极大用途的植物。

从它身上多少我们不是可以悟到某种有益的启示吗？它那种风格，那种乐于献身的精神，不是很值得我们学习吗？

想起故乡，就想起芦苇。

啊，我爱故乡，我爱故乡的芦苇！

芊芊芦苇，悠悠乡情

◇赏析/李明高

张弛的《心中的芦苇》中有这样一段话："她像自由的精灵，在远离世俗的淡泊中，独守江畔一方瘠土，潇洒倜傥。瘦瘦的筋骨把生命的诗意一缕缕地挑亮，密密的芦苇像一片片灿烂的微笑，将野地的清苦和宁静浓缩成永恒的沉默。"

樊发稼笔下的芦苇，又别有一番风味与情调："……摇曳着修长的青玉似的秀枝，远看犹如一朵朵绿色的轻云，在地平线上飘拂着，给乡村平添几分恬静与飘逸。"此处的芦苇犹如李白的诗句那样的飘飘欲仙，好似朵朵轻云那样的恬淡自在，赛过玉女修长优美柔嫩的秀腿——给人一种美不胜收的感觉。

作者对于芊芊芦苇那特殊的情怀令人神往：芦苇伴"我"度过充满诱惑的童年，那用苇叶做成的"小小的哨子"令人"陶醉"；那用苇叶折成的"苇叶船""满载着我们纯真的幻想之花，顺流而去……"这些都让作者"沉浸在童年美好的回忆之中……"

还有那芊芊芦苇给附近农民带来"取之不尽的建筑材料"与生活用品，更是给作者留下了深刻的印象与久久的思念。所以文章在后面高声赞美："啊，我爱故乡，我爱故乡的芦苇！"

这真是一曲借芦苇而抒发思乡之情的高亢赞歌！这就是文章的高妙之处：托物而言志，借景而抒情。

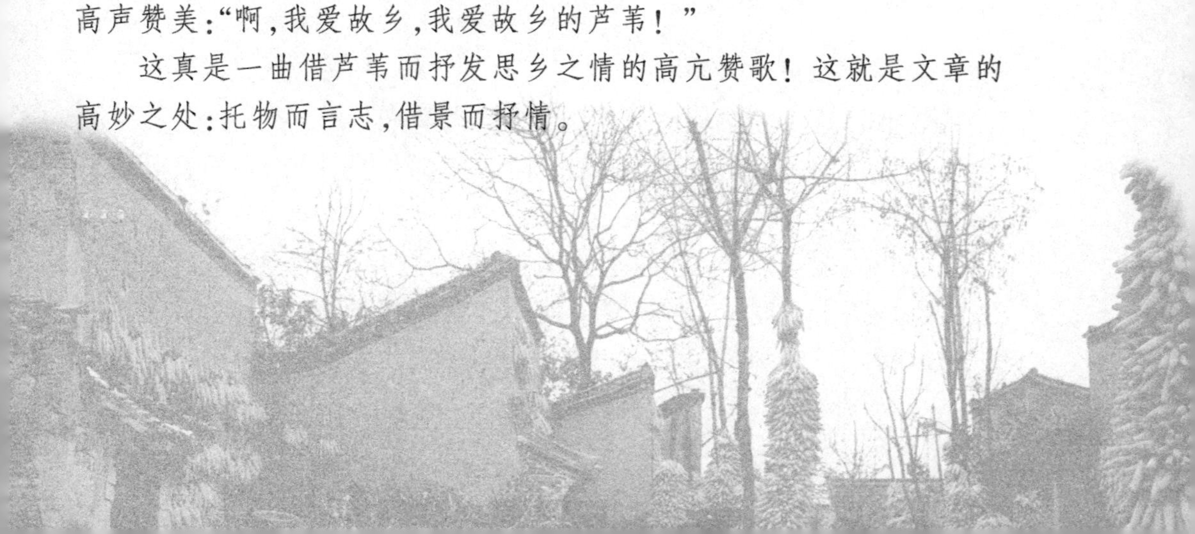

我还是要向这些年轻的榕树送去深深的祝福，希望它们不会再罹斧锯之祸。只是我依然难以忘掉那些逝去的榕树，难以忘掉那些逝去的快活时光。

梦　　榕

◆文/陈天宇

最难忘故乡的榕树呀，多少回榕树入梦来！

儿时，村头那成片连荫的大榕树，是我们的乐园，不，简直就是我们的天堂。

那些榕树有多老，连村里最老的老人也讲不清，他们只懂得，当他们还是孩子的时候，那些榕树就已经飘洒着长长的胡须，伸展着虬曲的臂膀站立在那里了。那些榕树有多大，我们说不清，只记得当时八九个孩子连起手来，也抱不拢那树干，有的树干里的洞，瘦小的孩子居然可以钻进钻出，一些上树掏鸟窝的孩子顺着树干往上攀，爬呀爬呀，老半天的，那鸟窝还高高地在头顶的树梢上。那榕树的枝叶有多密，我们也说不清，只知道若是搬一只凳子躲在树阴下，一晌午也难得看到天上的日光。

到了盛夏午间，只要干完农活，那榕树下便成了村子里最热闹的去处。离那儿近的，举家连饭都弄到那里去。树底下，东一簇，西一簇，都是吃饭的人。吃完饭后，就在树下乘凉、歇午。家离那里远的，吃完饭后，也往那里赶。男人们赤裸着古铜色的上身，或唐尧虞舜地神侃，或拿起块瓦片在地上画个格子便下起乡间的各种土棋子来，于是一阵阵笑声、骂声便从那里飘了开来。女人们也聚成一堆堆，有的东家长西家短的闲聊，有的居然解开大襟露出半边白皙的胸脯喂起孩子来，有些孩子就在那里品尝到了“百家奶”。姑娘小伙子也乘着这当头嘻嘻哈哈，闹成一团，有的还打情骂俏了起来，惹得他们的父母直翻白眼。

最可气的要算我们这班毛孩子，拉班结派地，有的玩起“兵丁抓土匪”，有的玩起“藏猫猫”，树上树下，草堆里人背后，闹得塌了天似的。树上的那些蝉儿拉开嗓门死命地嘶叫，也难盖过孩子们的吵闹声。更有一些孩子赤条条地爬上伸向河面的榕树枝，“扑通”、“扑通”往河里跳，溅起的水花，弄湿了在河边洗衣擦身的姑娘媳妇，招来一阵阵的“臭骂”。

傍晚的榕树下不再是人们的天下，因为每当夕阳靠山边的时候，不知从什么地方来的，一群群的喜鹊、乌鸦、八哥、麻雀、粪鸲，还有许多不知名的鸟儿，一个劲地直往树上扑。那万鸟投林，花了人们的眼；那万鸟齐鸣，聋了人们的耳。人们为了躲开那雨点般下落的鸟屎、黄叶和榕籽，只好挪到桥头、河岸边去了。偶尔会有一两个镇上的人扛着鸟铳来打鸟，村里人虽然很不高兴，却也颇为宽容，没人出面去阻拦。倒是我们这些少不更事的孩子成了那些打鸟者的跟屁虫，为他们指指点点。不过奇怪的是，他们“砰”地一枪上去，枪声那样沙哑无力，只听树上一阵“沙沙”声，却没见几只鸟儿掉下来。虽有一些鸟儿被那枪声吓得直往上蹿，然而它们在一阵紧张的鸣叫盘旋后，又一只只地回到树上。气得那些打鸟者骂咧咧地直怨那榕树太高了，怨那榕树枝叶太密了，他们终于悻悻地扛着鸟铳离去了。

据说榕树下并非从来都是这么热闹的。老祖母告诉我，过去，村子里常常闹瘟疫，“五六七(月)，坏光景”，轻易不敢出门，哪里还敢放孩子们出去疯跑呢？祖母为我们赶上了好世道而高兴，她说：“你们解放崽，命大福大，连鬼神遇见你们都得绕道走呢！”

榕树们如此很是风光了几年。可是谁也没想到，一场毁灭性的灾难落到了它们的身上。

那是一九五八年大炼铁的时候。村里竖起了一座座高炉。全村男女老少有的到海边去洗铁砂，有的上山去烧炭，有的在炉前炼铁。可是，哪有那么多的铁砂和木炭去填满那么多的炉膛呢？村里的干部为了插红旗、放卫星，他们自有办法。没铁砂，他们便挨家挨户地砸锅找铁，铁窗条、铁秤砣、锄头犁耙，逮着啥都拿来当铁矿石。没木炭，他们便盯上了那几棵大榕树。终于，那些大榕树在劫难逃，纷纷倒在了斧锯之下。人们看着树干里流出来的乳白色的汁液，不知道那究竟是榕树的泪还是榕树的血。

当时，许多人被火红年代的豪气所鼓荡，对于那些大榕树的命运似乎并不太关心或不敢关心。倒是那些老人们背地里嘀嘀咕咕地，我就听我祖母流着眼泪嘟囔：“造孽呀，那可是咱村的风水树啊，毁了它们，是要遭报应的。”倒是我们这些小孩绕着那些残枝败叶伤心了好些日子。我们再也无法上树去捕蝉、掏鸟窝了，我们再也无法在树阴下嬉戏追逐，我们再也看不到那成千上万的鸟儿绕着我们鸣叫翻飞了……最可怜的是那些鸟儿，不知多少个傍晚，它们黑压压地一片，围着那树一圈又一圈地低飞，一阵又一阵地悲鸣，久久不肯离去。

从此，一到村头，只觉得那里空荡荡的，日头格外扎眼，那些原来掩映在树阴中的房屋裸露在火辣辣的日头下，整个村子就像失去了屏障一样，那样的脆弱无助。

村子里的大风箱“呼嗒——呼嗒——”迟缓地响了起来。在那“呼嗒”、“呼嗒”声中，那些榕树的躯干渐次化为灰烬。在那“呼嗒”、“呼嗒”声中，那些铁条、碎锅终于化成了血红的铁水，又变成了灰黑的砣子，那些铁砧子又长久地码在村头没人问津，据说那些铁砣子成分不纯，成了“乌龟”。

再后来，不知果真如老祖母说的遭了报应，还是其他的什么原因。村里的田地连着两三年光长草不长粮，人们吃起了野菜、香蕉头、甘蔗渣等，村里饿坏了不少人。

村里的大人们又想起了那些大榕树，人们除了深深地惋惜和遗憾之外，只好爱抚起当时逃过劫难的几株小榕树。有人还在那些榕树躺倒的地方埋下几段榕树桩。不成想，那几段榕树桩竟抽出了嫩绿的叶子，它们活了。

日子真像白驹过隙，四十余年就这样一晃而过。这几年回家乡，我不经意地发现，那些榕树又长成了大树。尽管它们远不如当年父辈那样魁伟、苍劲，却也美髯拂拂、英气勃勃。尽管榕树下也有三五个纳凉的人，却不复当年的盛况了。尽管树上也有几只鸟儿在叫着、跳着，却更添了人们的孤寂感。

我还是要向这些年轻的榕树送去深深的祝福，希望它们不会再罹斧锯之祸。只是我依然难以忘掉那些逝去的榕树，难以忘掉那些逝去的快活时光。

寻　　梦

◇赏析/卢丽丽

岁月更迭，世事变幻，而今已难觅童年时留下的痕迹。然而那有成片连荫的大榕树相伴的日子，至今旋绕心间。人们常说：日有所思，夜有所梦。由于作者思念故乡的榕树，所以榕树才会入梦来。

本篇散文自然、真实、感情细腻，这生动的描写来自梦中那属于乡村乐园、人间天堂的成片连荫的大榕树。《梦榕》围绕故乡的榕树分为两个部分。前半部分作者细致地介绍了那些大榕树被伐前的盛况，后半部分讲述了榕树所遭受的斧锯之祸。两部分对比，更加突出了作者对那些逝去的榕树的怀念，对那些逝去的快活时光的想念。

作者首先从侧面介绍了故乡的那些榕树历史悠久，树干粗大，枝叶茂密。接着，着重叙述了榕树下的盛况。盛夏午间，树底下呈现出一派人间乐园的欢乐景象。有吃饭的人，也有乘凉、歇午的人。男人们或唐尧虞舜地神侃，或拿起块瓦片在地上画个格子下土棋子；女人们有的闲聊，有的解开大襟露出胸脯喂孩子；姑娘小伙子有的嘻嘻哈哈，闹成一团，有的打情骂俏；孩子们则拉班结派地玩起了各种游戏。到了傍晚，榕树下不再是人们的天下，而成了鸟的天堂。“那万鸟投林，花了人们的眼；那万鸟齐鸣，聋了人们的耳。”此时，又构成了另一幅热闹的画面。

一九五八年大炼铁的时候，那些大榕树在劫难逃，纷纷倒在了斧锯之下。从此，整个村子就像失去了屏障一样，那样的脆弱无助；鸟儿就像失去了家一样，一阵又一阵地悲鸣，久久不肯离去；村民也遭受了报应，饱受了饥饿之苦。不成想，故乡的榕树却有着顽强的生命力，那几段榕树桩竟抽出了嫩绿的叶子，它们活了，并且又长成了美髯拂拂、英气勃勃的大树。

然而，这些年轻的榕树却不复当年的盛况了。那些逝去的榕树，那些逝去的快活时光，早已深深地埋在了作者的记忆深处，留在了作者的梦中。

故乡美食入梦来

故乡是一个神奇的地方，尤其是对于背井离乡的游子来说，故乡是他们日思夜想的地方。故乡的人和事总是时时浮现在眼前，故乡的食物更是让他们千思万想，回味无穷。

现在我的味觉也显然改变了，即使回到故乡，遇到细雨如丝的杨梅时节，即使并不害怕从前的那种吃法，我的舌头应该感觉不出从前的那种美味了。

故乡的杨梅

◆文/鲁　彦

过完了长期的蛰伏生活，眼看着新黄嫩绿的春天爬上了枯枝，正欣喜着想跑到大自然的怀中，发泄胸中的郁抑，却忽然病了。

唉，忽然病了。

我这粗壮的躯壳，不知道经过了多少炎夏和严冬，被轮船和火车抛掷过多少次海角与天涯，尝受过多少辛劳与艰苦，从来不知道颤栗或疲倦的呵，现在却呆木地躺在床上，不能随意的转侧了。

尤其是这躯壳内的这一颗心。它历年可是铁一样的。对着眼前的艰苦它不会畏缩；对着未来的憧憬，它不肯绝望；对着过去的痛苦，它不愿回忆的呵，然而现在，它却尽管凄凉地往复的想了。

唉，唉，可悲呵，这病着的躯壳的病着的心。

尤其是对着这细雨连绵的春天。

这雨，落在西北，可不全像江南的故乡的雨吗？细细的，丝一样，若断若续的。

故乡的雨，故乡的天，故乡的山河和田野……还有那蔚蓝中衬着整齐的金黄的菜花的春天，藤黄的稻穗带着可爱的气息的夏天，蟋蟀和纺织娘们濡湿的草中唱着诗的秋天，小船吱吱地触着沉默的薄冰的冬天……还有那熟识的道路，还有那亲密的故居……

不，不，我不想这些，我现在不能回去，而且是病着，我得让我的心平静；恢复我过去的铁一般的坚硬，告诉自己：这雨是落在西北，不是故乡的雨——而且不像春天的雨，却像夏天的雨。

不要那样想吧，我的可怜的心呵，我的头正像夏天的烈日下的汽油缸，将要炸裂了，我的嘴唇正干燥得将要迸出火花来了呢。让这夏天的雨来压下我头部的炎热，让……让……

唉，唉，就说是故乡的杨梅吧……它正是在类似这样的雨天成熟的呵。

故乡的食物，我没有比这更喜欢的了。倘若我爱故乡，不如就说我完全是爱的这叫做杨梅的果子吧。

呵，相思的杨梅！它有着多么惊异的形状，多么可爱的颜色，多么甜美的滋味呀。

它是圆的，和大的龙眼一样大小，远看并不稀奇，拿到手里，原来它是满身生着刺的哩。这并非是它的壳，这就是它的肉。不知道的人，一定以为这满身生着刺的果子是不能进口的了，否则也须用什么刀子削去那刺的尖端的吧？然而这是过虑。它原来是希望人家爱它吃它的。只要等它渐渐长熟，它的刺也渐渐软了，平了。那时放到嘴里，软滑之外还带着什么感觉呢？没有人能想得到，它还保存着它的特点，每一根刺平滑地在舌尖上触了过去，细腻柔软而且亲切——这好比最甜蜜的吻，使人迷醉呵。

颜色更可爱呢。它最先是淡红的，像娇嫩的婴儿的面颊，随后变成了深红，像是处女的害羞，最后黑红了——不，我们说它是黑的。然而它并不是黑的，也不是黑红，原来是红的。太红了，所以像是黑。轻轻的啄开它，我们就看见了那新鲜红嫩的内部，同时我们已染上了一嘴的红水。说他新鲜红嫩，有的人也许以为一定像贵妃的肉色似的荔枝吧？嗳，那就错了。荔枝的光色是呆板的，像玻璃，像鱼目；杨梅的光色却是生动的，像映着朝霞的露水呢。

滋味吗？没有十分成熟是酸带甜，成熟了便单是甜。这甜味可决不使人讨厌，不但爱吃甜味的人尝了一下舍不得丢掉，就连不爱吃甜味的人也会完全给它吸引住，越吃越爱吃。它是甜的，然而又依然是酸的，而这酸味，我们须待吃饱了杨梅以后，再吃别的东西的时候，才能领会得到。那时我们才知道自己的牙齿酸了，软了，连豆腐也咬不下了，于是我们才恍然悟到刚才吃多了酸的杨梅。我们知道这个，然而我们仍然爱它，我们仍须吃一个大饱。它真是世上最迷的东西。

唉，唉，故乡的杨梅呵。

细雨如丝的时节，人家把它一船一船的载来，一担一担的挑来，我们一篮一篮的买了进来，挂一篮在檐口下，放一篮在水缸盖上，倒上一脸盆，用冰水一洗，一颗一颗的放进嘴里，一面还没有吃了，一面又早已从脸盆里拿起了一颗，一口气吃了一二十颗，有时来不及把它的核一一吐出来，便一直吞进了肚里。

“生了虫呢……蛇吃过了呢……”母亲看见我们吃得快，吃得多，便这样的说了起来，要我们仔细的看一看，多多的洗一番。

但我们并不管这些，它成了我们的生命，我们越吃越快了。

“好吃，好吃，”我们心里这样想着，嘴里却没有余暇说话。待肚子胀上加胀，胀上加胀，眼看着一脸盆的杨梅吃得一颗也不留，这才呆笨地挺着肚子，走了开去，叹气似的嘘出一声“咳”来……

唉，可爱的故乡的杨梅呵。

一年，两年……我已有十六七年不曾尝到它的滋味了。偶而回到故乡，不是在严寒的冬天，便是在酷热的夏天，或者杨梅还未成熟，或者杨梅已经落完了。这中间，曾经有两次，在异地见到过杨梅，比故乡的小，比故乡的酸，颜色又不及故乡的红。我想回味过去，把它买了许多来。

“长在树上，有虫爬过，有蛇吃过呢……”

我现在成了大人，有了知识，爱惜自己的生命甚于杨梅了。我用沸滚的开水去细细的洗杨梅，觉得还不够消除那上面的微菌似的。

于是它不但更不像故乡的，简直不是杨梅了。我只尝了一两颗，便不再吃下去。

最后一次我终于在离故乡不远的地方见到了可爱的故乡的杨梅。

然而又因为我成了大人，有了知识，爱惜自己的生命甚于杨梅，偶然发现一条小虫，也就拒绝了回味的欢愉。

现在我的味觉也显然改变了，即使回到故乡，遇到细雨如丝的杨梅时节，即使并不害怕从前的那种吃法，我的舌头应该感觉不出从前的那种美味了，我的牙齿应该不能像从前似的能够容忍那酸性了。

唉，故乡离开我愈远了。

我们中间横着许多鸿沟。那不是千万里的山河的阻隔，那是……

唉，唉，我到底病了。我为什么要想到这些呢？

看呵，这眼前的如丝的细雨，不是若断若续的落在西北的春天里吗？

体验真切，情意绵绵

◇赏析／莫茂芝

“无边丝语细如愁”(秦观语)，作者由连绵的春雨不由地思念起故乡。因是病中，这种思念愈显浓烈。虽然作者一再地想让“病着的心”归于平静，但“干燥得将要迸出火花来”的嘴唇还是让作者忍不住想念起故乡的杨梅来。

作者爱故乡，“完全是爱的这叫做杨梅的果子”。他把杨梅惊异的形状、可爱的颜色、甜美的滋味描绘得入木三分，让人顿生喜爱之情，感觉口舌生津，煞是畅快。作者浓笔重彩地叙写了关于故乡杨梅的一件件往事，于絮絮叨叨的叹息声里显现出对家乡深深的爱。特别是在追忆贪吃杨梅时母亲善意的恐吓，字字透着母亲浓浓的爱意。作者将母亲的话语反复了两次，将对故乡杨梅的回味推向了高潮。随着年龄的增长，“有了知识”，作者再也感觉不出杨梅从前的美味了，他觉得与故乡之间“横着许多鸿沟”，与故乡是愈离愈远了。这样的感觉只能使作者平添几许惆怅，更加思念起儿时故乡的杨梅，思念起杨梅时节的故乡。

大概是因为作者在异地饱尝了人生的艰辛之后，才愈发感到故乡亲情的可贵，文章所以才写得如此真切动人。这体验是真切的，这情是绵绵的。

两家一年年移栽，栽满了宅旁河滩。两家繁育着一代又一代，于是就成为这里的主人。

留邻村枣

◆文/王佻军

临沂南十里，有留邻村，属白庄乡管辖。

留邻村以大灵枣闻名，而今此树近乎绝迹。

我曾数次去留邻村。此村百来户人家，紧邻沂河，粮田不多，作物多植于河滩，以稻麦为主。此村虽以枣负盛名，但此树不多，散见于宅前屋后渠边路旁。有几株大的，粗可合抱。枣树不喜老，老则焦梢疯枝，不复结果。幸有若干年轻枣树，尚在盛果期。枣花小，黄色，如琥珀附在绿叶中。枣花浓香，养蜂人多将枣花蜜分别存放，留做自用，或馈送亲友。秋天里，大灵枣坠弯枝头，红蒂，红皮，花脸，随风摇曳如丽人佩带的首饰。大灵枣味道甘甜，清香中略带酸味，细腻而爽口。村民不以枣维生，主要用于送人、待客、打糕、做稀饭等。

留邻村历史悠久。早时，有两家穷人来河滩落户。一家姓刘，一家姓奚，邻室而居。院中以栅栏相隔，和睦相处。刘家初来时，于院中栽一枣树，几年后结出了又甜又美的大灵枣儿。这树在木栅贴近处，风一吹，熟透的枣儿三三两两落下。偶有落在这边的，奚家总是小心捡起，一个不留地送到刘家。刘家则嗔怪奚家为几个小枣过于认真。某年秋，风雨吹歪枣树，树冠倾斜到奚家这边。枣子熟落时，奚家嫂子砍来荆条，编成长帘，将散落的枣子接收下来，依旧送给邻居主人。秋收罢，奚家起意另造房舍，要迁到别处住。刘家问了，才知奚家怕孩子不懂事馋嘴吃了枣子，伤了两家多年友善的情分。刘家夫妇十分惊讶，因此反觉自己做人不够仁和，于是就把枣树砍了，决意留住奚家。奚家深为感动，终于留了下来。后来，这枣树的根旁又长出了一棵棵小枣树，两家一年年移栽，栽满了宅旁河滩。两家繁育着一代又一代，于是就成为这里的主人。该村子也因此得名“留邻村”。

与村民论及历史，有老者说：到二十世纪五十年代，该村枣树依然繁茂。第一次劫难是大跃进，枣树被砍炼炭，几近于绝。二十世纪六十年代大家缺少柴火，枣树多被偷伐偷砍。被剥了皮的枣树上写着“剥了皮真难看，只因上级不给炭”。写这些标语的人后来有的进了局子。局子里人很凶，牵着狼狗，云云。

枣树质地坚硬，从前枣木多用来制作木轮车的车耳，如今木轮车已经绝迹，枣木的特殊用途不复存在。这些年，枣树复又繁盛起来，但枣子的味道却不怎么好，有人说是因为上化肥太多，有人说是因为沂河水污染了。不知谁说的是。

枣树也含情

◇赏析／冉彩虹

刚看到题目就止不住好奇地想:“为什么这个村子要叫做留邻村呢?是什么原因呢?”带着好奇心慢慢读着文章,希望找到答案。

虽说文章是写留邻村的枣,但品读完后,给我印象最深的还是村名的得来以及小村形成的历史故事，它让我看到了人性至真至纯至善至美的一面,这种精神在今天更值得提倡与弘扬。王佻军赋予了文章人文的精神,使得一篇普通的文章有了灵魂。

最早在河滩落户的刘家和奚家,和睦相处。刘家枣树上的枣子掉到奚家院子后,奚家从来都不吃,而是拾起来归还给刘家。后来奚家还要搬家,为的是怕小孩不懂事吃了枣子,伤了两家和气。而刘家为了留住这么好的邻居,居然挥刀砍了枣树。这是一种怎样的情谊啊?在现代人看来,他们的行为也许是愚、是呆、是傻、是笨,可是我还是被他们感动了。那根被麻木很久的感情之弦又被奏响了，又被唤醒了。

许是枣树也是通人性的,被砍掉的枣树旁又长出一棵棵小枣树。这些枣树就象征着两家的感情之深，这枣树也寄托了两家人相互之间的尊重。

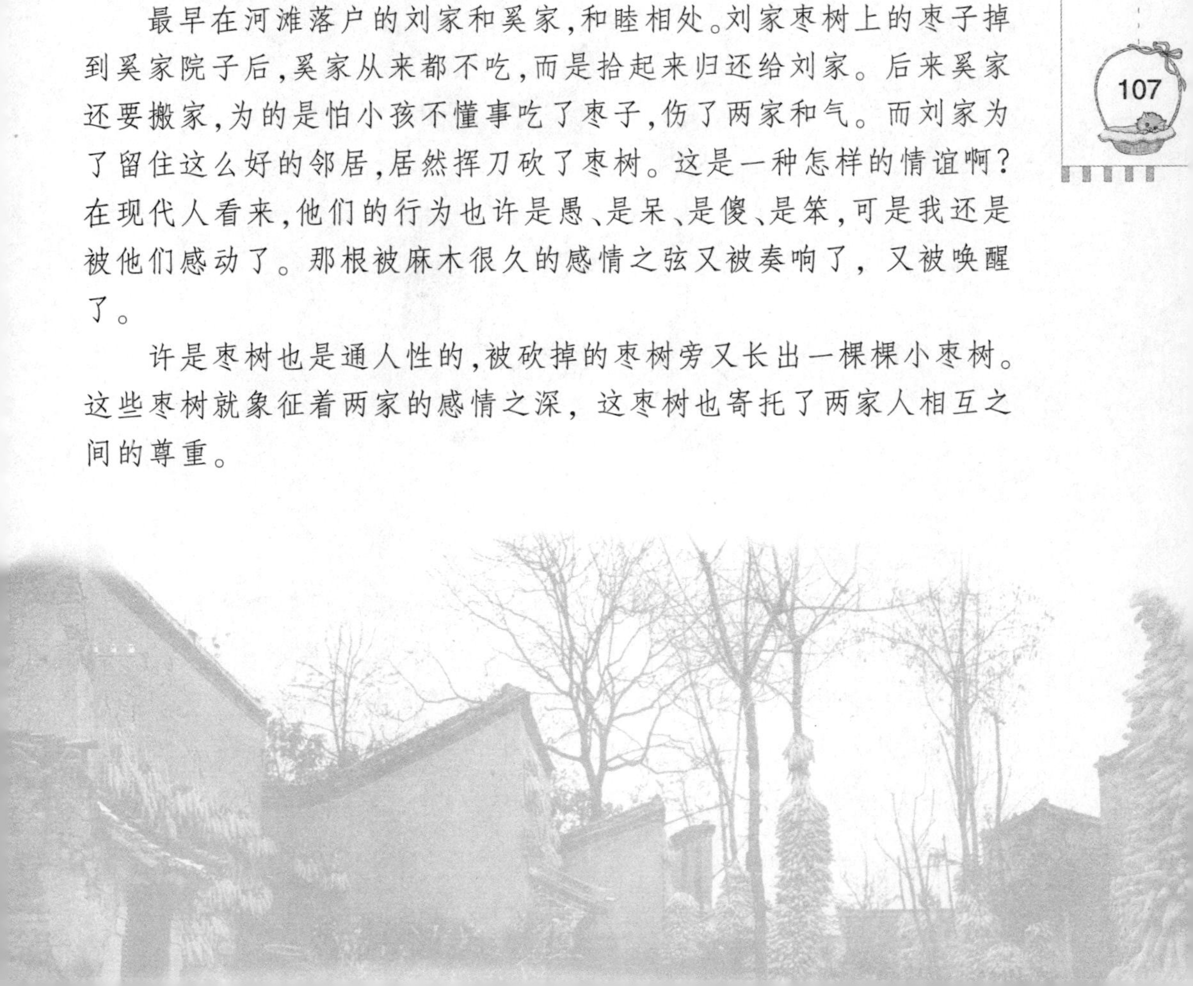

读这些极富诱惑力的文字，那些色香味俱全的佳肴便浮现于读者的脑海，令人垂涎欲滴，也让人对江南人心生羡慕。

江南乡菜

◆文/黑　白

怀念江南，怀念江南的乡菜。

初春，只要落几场雨，便能吃到蒌蒿。蒌蒿一般都生长在河滩靠近浅水的地方，在其他草木刚刚绽出新芽时，它已是绿茵茵的一片，远远地看，就像一片烟，浮着。这时候，很多牧童便去河滩采摘。雨稀疏地落，小小脑袋上扣着竹篮，老水牛在河堤上咀嚼，一只雪白的鹭鸶兀自立在水中央。

蒌蒿有一股清香味，采摘过后放几个晚上就老如细棍，所以采蒌蒿必须赶早采摘，马上提到露水街上去售，一见有蒌蒿，便知道又一度春天姗姗而来。蒌蒿采回，重新择过，用开水一焯，放入臭干子，淋上麻油，那种特别的香味十分诱人。此时一般人家皆储有透明的腊肉，腊肉干丝炒蒌蒿，佐饭下酒皆是美味。在那很短的季节里，又常落雨，烟雨中，芜湖一带临水小镇子里，一家一家小饭馆的黑板上都写着：蒌蒿腊肉丝。

吃罢蒌蒿后，雨便千丝万缕落得柔情又缠绵，油菜花洪水一样在一夜之间淹没村庄。秧田蓄满水，一场雨后，燕子低飞，到处都有哗哗流水，每一处水流的地方，总有巴掌大的鲫鱼戏水。这些鲫鱼也真有本领，能逆着水流蹿上垂直的沟口，一直游进水田里。捉戏水鱼是每个农人的业余爱好，黄昏归家时分，一大半人手提着三两只鲫鱼，用柳枝串着。三四月间的鲫鱼极鲜活，满肚子籽粒，刮鳞剖肚后，常常从竹篮里跳入水中游走，煎到油锅里还在跳啊跳的。炖得鱼汤如乳汁时，放入碧玉一样的嫩莴笋同煮，煮到鱼笋同熟，盛入陶钵中，白的雪白，绿的碧绿，一口汤，透鲜得很。

再跟着，就能吃到唧口，唧口这个农民发明的词极其形象生动。在圩乡，稍大一点村庄便有孵坊，草和泥糊的大土窝子，孵小鸡小鸭，小鸡要出壳了，喙嘴啄破蛋壳，唧唧有声。但由于某种原因，雏鸡没有出壳，农民称之为卿口，一毛一只，太便宜，买回来一煮，去壳，小鸡刚刚成形，有一块蛋黄，很肉质且耐咀嚼，同拔去纤毫的小鸡放入油锅中同煎，佐以姜、辣椒、黄酒，起锅前切一把刚采回的马兰头投入，马兰头清明时节很青嫩，清香可口又有清火之功效，和唧口伴炒，滋味绝佳。

吃苋菜鳖要到暮春，春末夏初的江南村野上，有一处处油菜茎秆和荚壳堆，红苋菜在田畦头茂盛，正好上市，塘老鳖正肥，肥得爬不动了，还张牙舞爪的。夜间爬到菜籽荚壳中产卵，一产便是一小窝，十九枚或二十一枚，总是单数。孩子们点灯笼去照，照见便用脚踏住，老鳖铜锣般大小，背上沾附水蛭和泥螺，捉回家投入水桶，用滚开水烫皮，腹部破十字花，取出内脏，填入姜、蒜、糖、酒，用陶钵隔水蒸至熟烂时，投入苋菜。苋菜很快将浓汤染红，放上数枚煮熟去壳的蛋卵，这种乡土风味，会让你惊奇不已，胃口大开。

吃完苋菜鳖，一年一度的水乡春天算过完了。

寓浓情于平淡之中

◇赏析／张　洁

这是一篇抒写乡思的散文。作者将对故乡的怀念隐于对江南乡菜细致入微、生动传神的叙述中，手法极为高明。

"怀念江南，怀念江南的乡菜"，文章开宗明义，点明题旨，并把对故乡的怀念落实到具体的事物——江南乡菜。接着，作者便以春季时令为序，详细地介绍起江南的乡菜来。"初春，只要落几场雨，便能吃到蒌蒿。""蒌蒿有一股清香味"，"必须赶早采摘，马上提到露水街上去售"，蒌蒿拿回家，"重新择过，用开水一焯，放入臭干子，淋上麻油"，香味十分诱人。而蒌蒿腊肉丝更是江南各小饭馆的节令菜，"佐饭下酒皆是美味"。吃罢蒌蒿，便是秧田蓄水的日子，总有巴掌大鲫鱼在水流处戏水，而"捉戏水鱼是每个农人的业余爱好"。"三四月间的鲫鱼极鲜活，满肚子籽粒，刮鳞剖肚后，常常从竹篮里跳入水中游走，煎到油锅里还在跳啊跳的。炖得鱼汤如乳汁时，放入碧绿的嫩莴笋同煮，煮到鱼笋同熟，盛入陶钵中，白的雪白，绿的碧绿，一口汤，透鲜得很。"接着，就该吃唧口了。春天时，孵坊里常有些没有出壳的雏鸡，农民称之为唧口。"买回来一煮，去壳，小鸡刚刚成形，有一块蛋黄，很肉质耐咀嚼"，"佐以姜、辣椒"，在油锅中同煎，"起锅前切一把刚采回的马兰头投入，马兰头清明时节很青嫩，清香可口又有清火之功效，和唧口伴炒，滋味绝佳"。暮春时分，吃苋菜鳖。春末夏初，是塘老鳖正肥的时候，也是老鳖爬到菜籽荚壳中产卵的季节。"孩子们点灯去照，照见便用脚踏住，老鳖铜锣大小，背上沾附水蛭和泥螺，捉回家投入水桶，用滚开水烫皮，腹部破十字花，取出内脏，填入姜、蒜、糖、酒，用陶钵隔水蒸至熟烂时，投入苋菜。苋菜很快将浓汤染红，放上数枚煮熟去壳的蛋卵，这种乡土风味，会让你惊奇不已，胃口大开。”

吃完苋菜鳖，江南水乡一年一度的春天就过完了，文章也就此结束。而作者所介绍的几种江南水乡的特色菜肴给读者留下了极为深刻的印象。

文章在介绍这些乡菜时，一一介绍它们的由来、做法、味道，并略述江南人的生活。读这些极富诱惑力的文字，那些色香味俱全的佳肴便浮现于读者的脑海，令人垂涎欲滴，也让人对江南人心生羡慕：每年都可以吃到这样的美味，江南人真是好福气啊！另外，文章还向读者介绍了江南的一些风情。读者可以从中领略到江南水乡之美和江南的乡土人情，在文字中神游江南。而作者则通过这些优美的文字，在不动声色中抒发了自己强烈的思乡之情。

我望着十几里地远处，童年我呆过的那个地方，想像着王家小摊鸭尾上的红辣椒，我渴望知道它今天的变化，而滚滚的车轮又将我与它拉远了。

红红的小辣椒

◆文/吴泰昌

一九四六年春天，我从江西回到故乡当涂，开始上小学。两年后，母亲到县东北角一个偏僻的镇上教书，我也随着去，那年我十岁，记得是一个冬日的清晨，我们吃完早饭就动身。过了北门石拱桥，尽是山路。从小在江西逃难，白天黑夜翻山越岭，我走惯了山道，稚嫩的小脚过早地生起了一块块硬茧。可那山，是真正的山，绿阴覆盖的山，一片葱茏，逗人乐趣。春天，挖竹笋，采野果，摘几朵不知名的小花，黄的、紫的、红的、蓝的、白的，送给伴侣。秋天，满山的毛栗子，个头虽小，味道香甜。起初我不会采摘，小手被刺得鲜血直滴，后来学会了先用鞋底拍打。我的童年是在崇山峻岭的摇篮里度过的。我爱山，爱山中的树，山中的溪涧，至今我还怀念那绵亘百里的深山——谁会相信，我亲眼见过活生生的大老虎，会吃人的大老虎！眼下，我跟着母亲走过的这一个又一个濯濯童山，丝毫没有那美妙的一切，稀疏的小树，黄土一片，几只山羊在觅食，枯草在风中抖……三十里地，越走越长，冬天日短，太阳早落山了。在夕阳微光的拂照下，远处，黑憧憧的一片泛起灰白色，这就是我要去的霍里镇。母亲催我快走，我拔了拔不合脚的球鞋，加快了步伐。

小学校在镇边，门前有一个大塘，水位一年到头低落，淘米、洗衣要蹲在石头上深深弯腰。校舍是一座祠堂改建的，空旷、寥落。夏天凉快，山风呼呼吹来，蚊子多，但风大停不住脚。冬天冷得很，手冻得像胡萝卜，红肿着。晚上进被窝，腿蜷缩着，一夜也难于舒展开。我熟悉的几位小同学，都比我穿得单薄，既没有我戴的破手套，也没有补过的线围巾，但他们冷惯了，并不怎么在乎。看着他们在风雪中那副自在的样子，有时为了逞能，我也故意拣冷地方呆着锻炼自己，渐渐地，我也不那么怕冷了。

我的一位好同学，家在与学校贴邻的一个山坡上，孤零零的一座茅草屋。我下午课后常去找他玩。为了挡风，他家的门常关闭着。他的父亲是一位严师，更是一位严父。下午他放学回来，必须背会几个英文单词，才能被准许外出玩耍。我每次去，常常在门外等着，脸贴着大门，眯着眼向缝隙里张望。山头上的风越来越大，吹个不停。我踩在积雪堆上，雪花飘洒满身，我也快成了雪人。当屋内“A Book”的诵读声止息，大门启开，他便会敏捷地窜了出来。他获得了自由。我们紧紧抱着，在雪地里打滚，在山岗上漫跑。夏日天黑得晚，我们喜欢去小街转转。店铺陆续上门板了，张家布摊子父子装好担子，正踏着暮色回家。卖吃食的小摊这时则活跃起来。这座小镇产山羊和湖鸭，羊糕是这里冬天的一道名菜，从清早卖到燃起煤油灯。当年吃羊糕时那种鲜美的味道，今天已经回想不起来了。盐水鸭四时皆有，南京、芜湖的盐水鸭闻名全国，这里离这两个大码头都不远，做好盐水鸭不难。至于它们之间有何区别，我未作过比较，不得而知，只记得家乡的盐水鸭嫩，不肥。这条几十米长的小街有三四个摊子卖盐水鸭，长桌上放着几个大盘，盘子里整齐地码着七八只鸭子，无一例外，每只鸭尾部都插一个红红的小辣椒，尖头朝上，从上午卖到晚上，常常还有剩货，绝少有人买得起一只整鸭。如果哪天有人真买了整只的鸭，肯定会引起沿街百姓的注目。通常，一只鸭总是被几人或十几人零打碎敲地肢解掉，尾部那红红的小辣椒也无一例外地被主人留下，用来插在另一只鸭子上，好似要使这狭窄灰暗的街面上保留一点红色。那时候，我常爱在鸭摊前看看，慢慢地，那红红的小辣椒像是插到了我的心田里。这座小镇，黑瓦灰墙，不像徽州一带皖南山区黑瓦白墙，濛濛细雨，早晚炊烟浓厚，渐渐扩散开来，将方圆几里的太空染成灰色一团。我不是考古学家，也不熟谙风土习俗知识，不知在留下我童年足迹的这个地方，何年何月始，做鸭子的师傅天才地创造出这富有诗意情趣的一招，至少给我生活在这阴冷灰暗日子里的幼小心灵留下了一点暖色。

记得有一次，远房的一位亲戚特意从外地来这小镇看妈妈。晚饭的菜端上桌了，妈妈叫我跑上街去买点熟菜。我将一只蓝花大瓷碗放在王家鸭摊上。王老头是镇上祖传的做盐水鸭名手，他望望我这小不点个儿，又再次翻了翻从我手中接过来的钱，然后斩了大半只鸭子，替我在碗里排得整整齐齐的，上面一层全是好肉，浇了三匙卤汁。我眼巴巴地盯着剩余半只尾上插着的那个红红的小辣椒不肯走。他笑着说："好，给你这个。"他将辣椒拔出来，插在我的碗里。我高兴得用双手捧着大碗，慢慢地走，一步一步地走，下坡上坡，怕将这树立着的红红的小辣椒碰倒。舅舅见我端碗的那副认真劲儿，看看碗里一点红的鸭子，也新奇得笑了。

我至今想不通，在那个小镇里，这么点鲜活的红色怎么会使我长久留下记忆。小时候，我在山里见到的，玩过的，吃过的五颜六色的野花果太多了。四月的江南，一望无垠的金黄金黄的菜花够耀眼刺目，它的折光使附近的房舍也多少涂上了点金色。我乍回当涂老家，一眼见到天井一角有棵天竺，上面缀满了点点红珠子。这是我在江西山里不曾见过的。除夕夜，准备年饭，姐姐摘了两粒天竺珠子，嵌在一条大鳜鱼的眼里，这条眨着红眼睛的鳜鱼，先被端正地放在祖先牌位前，祭祖后又被转移到大圆饭桌的中央，我回家乡不久，不懂得乡规、家规。妈妈不断帮我拣菜，叫我少吃饭，多吃菜，说我从来没有吃过这么多的家乡菜，今晚要吃足。哥哥给我拣了一碟蚕菜，俗语八宝菜；姐姐给我挑了个大肉丸子和精巧巧的蛋饺子。我目光注视着那条大鳜鱼，那对红眼珠子仿佛在向我挤弄。我将筷子伸去戳鱼肚皮，被妈妈用手将我的筷子打掉。我吓呆了，见妈妈生气，急得哭了。事后姐姐告诉我，这是条吉利鱼，象征年年有余，从年三十到正月十五，顿顿饭要端上来端下去，过了十五才能由大人先动筷子。妈妈不是舍不得让我吃，是怕破了吉利。马上家里几个孩子开学，要交一笔学费，妈妈正为筹措这钱犯愁呢。听了姐姐的一席话，我哭得更伤心了。那对红珠子，就这样带着哭声被筷子戳在我的心里了。

联想有时是有轨迹可寻的，有时真有点莫名其妙。我想，插在鸭尾上普普通通的一个红辣椒引起了我如此兴趣，是否与鳜鱼眼里那颗天竺红珠子的转动有关系呢？母亲在学校门口开了一小块菜地，种了冬瓜、小青菜、豇豆，也有几行辣椒。我每天浇水，突然发现有几棵上挂着小小的红辣椒，清晨或黄昏，远远望去，恰似野地里燃烧着的一根根红蜡烛。

一年后，母亲离开这个小镇，我也跟着她。从此，三十多年，再也没有回过这里。近两年，有时出差。偶尔能路过当涂。南京开往芜湖的火车站多，本来就慢，当它徐徐地驶入慈湖，我望着十几里地远处，童年我呆过的那个地方，想像着王家小摊鸭尾上的红辣椒，我渴望知道它今天的变化，而滚滚的车轮又将我与它拉远了。

无法忘却的暖色

◇赏析／刘　阳

故乡当深，这个曾留下作者童年足迹的地方，离作者是越来越遥远了。当作者打开记忆的闸门，头脑中掠过三十年前童年往事的时候，残存的记忆中只有那插在盐水鸭尾部的红红的小辣椒给作者留下了深刻的印象，因为这红红的小辣椒当年曾给予作者无法忘却的暖色。

作者小时候由美丽的江西返回故乡时，映入作者眼帘的是濯濯的童山、稀疏的小树、风中发抖的小树、黑瓦灰墙的小镇……如此一个条件艰苦的地方，夏天蚊子多，冬天冷得很，想与好同学玩却直到自己“快成了雪人”才如愿。这样的环境无疑造成作者幼小心灵的巨大失落，使作者对故乡生活的印象成了“阴冷灰暗”的，这时那插在盐水鸭尾部的红红的小辣椒就成了作者精神的寄托，希望的所在。虽然过春节嵌在鱼眼里的天竺珠子与小辣椒一样具有“鲜活的红色”，但“被筷子戳在我心里的天竺珠”的后面系的是妈妈为筹措学费的哀愁。这种色彩与红辣椒的色彩是截然不同的，小小的红辣椒不仅使“狭窄灰暗的街面上保留一点红色”，也曾“给我生活在这阴冷灰暗日子的幼小心灵留下一点暖色”。这也成了作者无法忘却红红的小辣椒，对小红辣椒进行着力描绘的原因。

作者在选材时用白描的手法截取了童年的几幅画面作为铺垫，极精心地对鸭尾上的小小红辣椒给予重彩深抹，又以天竺红珠子作为映衬，给人以一种无法忘怀的立体的暖色。或许故乡的盐水鸭尾部早已没插红辣椒了，但那令人无法忘怀的暖色却已植根于作者记忆的深处，无论“滚滚的车论”将作者与故乡拉得有多远……

明年，我将多下瓜种，结很多瓜，给每个愣小子寄一篮，让他们连同感情一同吞下，也许更甜。

瓜棚豆友

◆文/农　妇

多么想在豆棚瓜下生活，想了几十年，终于实现了。

记得抗战胜利，离开湘北游击区前夕，在月光下，漫步农家菜园，抚摸着豆叶、瓜藤，许下诺言："当我老了，无力再承担任何责任时，必定回来和你们长相厮守！"而今，白发满头，流浪异域，惟有将故乡的瓜菜种子，撒在异域土壤上，实践我的诺言。

异域泥土不及故乡温馨，播种之后，眼见抽芽、展叶、结实，也能令我狂喜。

瓜藤长得很快，用方木条搭成矮棚，几日后，满架密叶，藤须无处可绕，向空伸展。邻居年轻洋教授嘉勒，不知从哪里砍来几根长竹送给我，才把棚架扩大。瓜花黄色，有种纯朴的美，比蔷薇、玫瑰更可爱，只是太阳一出，便萎缩了。为了要看这些黄色，我绝早起床，直到晓露湿透鞋底，才进屋煮早餐。

有月亮的日子，我常在后园呆坐到深宵，有人爱月下看花，我独喜欢月下看瓜菜，别有一番情趣。

番茄的收成最好，大番茄有饭碗般大，小番茄像小孩子玩的玻璃弹子，一颗颗红得透明，用来煮汤，满钵圆圆的、红艳艳的，又香、又甜、又好看。

过去，曾听得家乡老农说：萝卜要霜降后才甜，但是，我们种的萝卜还未到中秋，已经露出土面，看来，非拔不可了，趁野兔还没有发现，赶紧动手。

拔出来的萝卜，棒球棍那么粗，尺来长一个，切成厚片，加一把盐，煮烂，掀开锅盖，整个厅堂，充满了浓浓的清香。

中国农家人，过年过节才有肉类吃，平时烧菜，就这么简单，既少油，也无配料，其实，山珍海味，怎及得刚出土的瓜菜鲜美？

我把萝卜菜叶洗净晒干，用盐腌了，炒一碗给“癫痢头儿子”吃，他连说：“好吃得很！”果真好吃吗？未经霜的萝卜有点儿苦，萝卜菜叶粗糙极了，“癫痢头儿子”认为“好吃得很”，是他尝到了故乡风味。

昨天，我们摘丝瓜，老伴笑眯眯的，站在瓜棚下，举起两条大丝瓜，要我给他拍照，作为收成纪念。

这两条丝瓜，肥而青，真舍不得刨掉太多皮，小心翼翼的炒熟，一小片、一小片地吃，饭后，瓜的清甜，一直留在嘴里，很久、很久……

这么好的瓜，应该大家尝，明年，我将多下瓜种，结很多瓜，给每个愣小子寄一篮，让他们连同感情一同吞下，也许更甜。

豆棚瓜下的思念

◇赏析／刘　阳

世界上有着许许多多比乡土更加美好，更加怡人的地方。但独有故乡，像母亲一样，无可选择。作者对祖国对故乡的思念之情与其他身居异国的炎黄子孙完全一样，不同的是排解这思乡之苦的方式。

作者早年离开故土时，抚摸亲手栽种的豆叶瓜藤，满是伤感，许下的诺言无不饱含着对故乡的眷恋及以后落叶归根的信念。然而境不由人，及“白发满头”之时，作者仍“流浪异域”，“惟有将故乡的瓜菜种子，撒在异域土壤上，实践我的诺言”，作者这份对祖国、对故乡的情是何等的真！何等的切！

作者在异域的土地上种植故乡的瓜菜，以品尝故乡的风味慰藉自己。尽管“异域泥土不及故乡温馨”，但看着故乡的种子抽芽展叶、结实，也令作者欣慰不已，这些瓜菜就是作者对家乡最贴近的想念。为此，作者一早露下看瓜花，深宵月下看瓜菜，平时细细品瓜菜，于瓜菜中寄托对祖国、对家乡的深情。作者对豆棚瓜下的生活描绘得非常细致，特别是对吃萝卜和萝卜叶的介绍朴实感人，让人倍觉故乡的美好。

文章结尾其意深远，韵味无穷，将对祖国、对故乡的真挚情感推向了全文的高潮。

但我觉得饮茶总比饮水好，茶，更为有味而健脑清神。

“茶叶故乡”的故乡

◆文/冰　心

中国是茶叶的故乡，而我的故乡福建，更是茶叶故乡的故乡！福建茶叶的种类，多至好几十个，而我们的家传都是喜欢喝茉莉花茶。因为茉莉花茶不但带有烘过茉莉的清香，而且泡茶时也不必须用陶壶小杯等的讲究！记得一九一一年我从山东回到故乡福建福州的时候，看见我的祖父吃茶是很讲究的，他泡茶的水，不是井水而是雨水。福州多雨，一阵大雨过后，屋瓦彻底干净了，我们就把屋檐上的雨水，用竹管引到大木盖上开有小盖的大水缸里，泡茶时打开小木盖用小水勺舀出储存的雨水来煮沸。他说雨水是净化了的，没有土味。以后我跟父母到了北京，雨少天旱，没法子用雨水泡茶了，但父亲在盖碗里放上很多茶叶，说是要使茶香盖过水味。现在我自饮或待客，用的茶叶也还是茉莉花茶，而泡茶用的水，不但雨水，连井水也没有了，我用的是带有漂白粉味的自来水！但我觉得饮茶总比饮水好，茶，更为有味而健脑清神。

永远的茉莉清香

◇赏析／李　霖

这篇篇幅短小的文章以茶叶切入，写出了冰心老人对故乡深深的眷念。

文章一开头就满怀民族自豪感地开诚布公："中国是茶叶的故乡"，然后深情地阐明："我的故乡福建，更是茶叶故乡的故乡。"由面到点，衬托点题。接着写"福建茶叶的种类"很多，作者不具体点明，只概写一笔，只为了突出写茉莉花茶以引出下文泡茶、饮茶的描写来。

一九一一年随父母回到福建，年仅十一岁的小冰心敏锐地观察到福州人喜欢饮用茉莉花茶。福州人喜欢茉莉花茶有两点原因：它有烘过茉莉的清香，泡茶时不必用陶壶小杯。只是祖父很讲究泡茶的用水——用雨水泡茶。当年取雨水的全过程，其情其景，历历在目，冰心老人的怀恋情思也不言而喻了。

以后冰心又随父母到了北京。但北京天旱少雨，父亲没法用雨水泡茶，而自己现在只能用"带有漂白粉味的自来水"泡茶。尽管这样，但晚年冰心仍一如既往地饮用茉莉花茶。

全文以茶叶为中心，泡茶的水为线索：先写用雨水泡，正面烘托茉莉花茶；继而写"用带有漂白粉味的自来水泡"，从反面衬托茉莉花茶；最后点出"我觉得饮茶比饮水好，茶，更为有味而健脑清神。"全文语言质朴，通过描写对茉莉花茶的喜爱，表达了作者深深的爱家乡、爱祖国的感情。

身处繁华的街市
我不寂寞
因为有条条小路
在梦中萦绕
因为有道道小河
自心坎流过

故乡山水藏在怀

乡情像一条坚韧而绵长的丝线，无论走到哪里，它总是伴着游子一同前行。山，隔不断；水，剪不断；一头系着故乡，一头系在游子心中。

有位游客甚至说，桂林山水甲天下，那么天堂山水可称得上乙天下。缘何有如此大的名气呢？

天堂山水乙天下

◆文/丁际顺

天堂河像一条巨龙，横卧在荆楚大地上。两岸青山耸立，绿树成阴。来此游玩的人，无不称赞这里的山水之美。有位游客甚至说，桂林山水甲天下，那么天堂山水可称得上乙天下。缘何有如此大的名气呢？还是让我们一起来领略天堂山水的美景吧！

“山不在高，有仙则名”，说起天堂的山还真有仙人的传说呢。李蟒岩是天堂山中最雄伟的一座山，山顶上有一块奇石，长十七米，宽六米，上面刻着一幅棋盘，棋盘上十八颗棋子又大又圆，每个有几十斤重。传说这座山上有一条巨蟒，经常伤害人民，八仙之首铁拐李知道后，邀上曹国舅去降妖。巨蟒制服后，铁拐李见天色尚早，心血来潮，就邀曹国舅下棋，于是就留下这个巨大的棋盘。这个传说一直为后人传颂。棋盘石虽历经风雨，但字迹仍清晰可见，朋友们，你有兴趣来下一盘吗？

国安寨的风格与李蟒岩似有不同。这座山山顶上也有一块怪石，不是平直，而是从山中横凸出来，前小后大，远望如鹰嘴一般，所以人们叫它“鹰嘴石”。站在石上，任风吹拂，衣襟飘飘，真有点想飞的感觉。这座山在历史上是有过战争遗迹的，抗日时，山上筑的城墙环绕山腰，东南西北城门依然存在，毫无损伤。你一走进山中，便听到寺院的钟声频频响起，看到佛寺红香烟雾缭绕，像是正在祈祷着国家的平安。国安寨，我祝福你，让我们的祖国永远平安！

走下国安寨，你还可以欣赏到“水日山”。山上的小水晶，晶莹剔透，俯拾皆是。“古羊山”则山形如羊角，山由青松翠柏，掩映其间，还有……总之，天堂的山一定让你流连忘返。山离不开水，天堂的水在山的映衬下，也是格外秀丽。“长江之水天上来”，天堂河的水则是从长江上游而来，是长江的一个分支，或许也正是这一点，它没有长江的雄浑壮丽，但是它恬静娴淑，别有一番韵味。由于天堂河的河道旁，水位深，水质好等优点，家乡人便在天堂河上建立了一个“天堂河漂流风景区”吸引了八方来客。游客们漂流之后，无不竖起大拇指，说“天堂河，真让我如置天堂”。想一下，坐在竹排上，面向蓝天，背靠青山，闭上眼睛，顺水徜徉，抛开一切杂念，呼吸着新鲜空气，饱览着两岸的秀丽风光，聆听着哗哗的水声，那情景，那感受，能不让你流连回味吗？漂流至沙滩，望着那一片柔和的沙滩和点缀其间的红黄“蒙古包”(供游人休息)，你一定会为之陶醉，忍不住走下竹排，融入沙滩的宽广和柔和中。此时，沙滩是软绵绵的，风景是轻悄悄的，岸上时有歌声飘扬，你一定又会被带入欲飘欲飞的境界，陶醉在这山水之中。

天堂河不仅风景秀丽，还造福人民呢。这条河一线贯穿五座大型电站，上游发电的水又成了下座电站的水能量，水被高效地利用着。所发的电输往全国各地，发电时机器轰鸣，水声震天，有如万马奔腾，那气魄无不让人自豪！

人们常说“人间天堂”。朋友们，你没有兴趣来这里，享受一下天堂美景吗？

选材精当，结构精巧

◇赏析/莫茂芝

这是一篇介绍家乡山水的文章。基于对家乡山山水水的热爱，作者情不自禁陶醉其中，真诚热切地歌颂了家乡的天堂山水。在作者的精心构思和选材下，这篇文章给人一种强烈的美感。

此文说古道今，以神话传说增添其神秘的色彩，以历史故事增添其悲壮气氛，虚实结合，动静相生。李蟒岩上仙人除害的传说为虚写，而巨石棋盘古篆石刻为实写，国安寨城墙环山为静，“天堂”漂流，顺水徜徉则为动。这样安排，使文章有一种摇曳之美。

结构上文章安排简洁明了，基本上可以分为丽山、秀水两大块。运用了首括句的方法，以“山不在高，有仙则名”提挈写山的部分；用“长江之水天上来”提挈写水的部分，结构紧凑而层次分明。

文章还注重了人本思想，人是万物之灵，能发现美，欣赏美，创造美。作者写作时扣得准，写得好。写人又分两种方法，一种是把景当人来写，如“天堂河恬静娴淑”等。另一种是写人的活动，写仙人除恶，突出人定胜天，写国安寨，强调了民族精神，写景点开发，体现了人力强大。文学乃人学，有了人的足迹，景物更具有生气，文章也更有灵气，有一种哲理美。

我愿是一条小鱼，欢快地生活在你温暖的怀抱里，我愿是一块小小的鹅卵石，朝夕陪伴你，我更愿是一条小溪，以我的加入，使你更加丰盈、美丽。

我爱家乡的小河

◆文/孙 锐

我的家乡，美丽的山水小城五大连池，有一条养育了世世代代五大连池人的母亲河。

这儿的人喜欢叫她北大河，其实，她的本名叫讷漠尔河。

我对这条小河有一种特殊的感情，因为她不仅养育了我的祖祖辈辈，还是我的快乐所在。

小河是美丽的。

她像一条银白色的绸带，自东向西起伏飘荡，她虽然没有长江的名气，没有西湖的净明，但是她在我的心中，无论何时，都有着质朴的、幽雅的美。

天晴的时候，河水倒映着蓝天、白云和草地，像一幅美丽的水彩画。

毛毛细雨时，河面上泛起白色的水雾，像梦中的仙境一样。

细雨过后，河岸边的草地一片清新碧绿，草地上的小野花也绽开一张张快乐的笑脸。

每到假日，我就会约几个好朋友，来到河边，我们争先恐后地投入她的怀抱，用毛巾捉浅处的小鱼，在水里打水仗，追逐嬉戏，像一群快乐的小鸭子。

爸爸妈妈有空儿的时候，也找一些他们的朋友或同学，四五家聚在河岸上，来一个小小的聚会，大人们点起篝火唱歌、欢饮时，我们小孩儿则可尽情玩我们的游戏，在草地里捉迷藏，在沙堆上打滚，根本不用担心因弄脏衣服而挨骂，因为这时的大人们是无暇管我们的，而整个夏天只有在河边才有这样的自由和乐趣。

冬天了，小河也像我们一样，换上了厚重的银色冬装。我们和她亲近的方式也发生了改变。

带上锹、扫帚，除去它上面厚厚的雪。爬在透明的冰面上看冻在冰中的枯草，偶尔还能看到厚厚冰下游动的鱼儿。

冬季，这里最有趣儿的游戏就是打雪仗，抽冰嘎儿，堆雪人。玩累了，就地躺在冰面上打两个滚。静静地躺在冰面上，想像着冰下的流水带着我流向远方。

小河好像是我的一个老朋友，有时候，我不能去看她了，我就会觉得整个假日缺少了什么。

小河是无私的。她是那么乐意为人们服务，把纯净的河水奉献出来，给人们洗衣服、饮水、煮饭……小河还用她清冽的河水灌溉着田地，哺育着岸边的花草。在她广大的胸怀里，生活着无数的鱼儿，作为我们的美味佳肴。

小河的胸怀是博大的，只要对人们有利的事不论自己受到怎样的伤痛都无所谓，小河瘦了，因为她上游建起了发电站，这个电站的建成，不仅能发出更多的电给人们使用，还能使她周围的万亩良田雨天不涝，旱天不干，我为她的消瘦而伤心，又因为她的博大而感动。

啊，讷漠尔河，我愿是一条小鱼，欢快地生活在你温暖的怀抱里，我愿是一块小小的鹅卵石，朝夕陪伴你，我更愿是一条小溪，以我的加入，使你更加丰盈、美丽。

感人心者，莫先乎情

◇赏析/莫茂芝

写作是生活的反映，是情感的抒发。作者家乡的讷漠尔河虽然很不知名，但它有着一种质朴、无私的美。作者热爱家乡的小河，用朴素的语言抒发了对小河最真挚的感情。

作者是满怀深情地来写故乡的小河的。文章先交代这是一条“养育了世世代代五大连池人的母亲河”，接着说明之所以“对这条小河有一种特殊的感情”，不仅仅因为这是一条母亲河，更因为小河是“我的快乐所在”。在写讷漠尔河质朴无私的美时，作者是不吝笔墨，尽情抒怀。晴天小河是水彩画，细雨时是梦中仙境，整个夏天因为有它才有“自由和乐趣”，冬天的河面上，打雪仗、堆雪人，高兴极了。在写了小河供饮用、灌溉、发电作了种种贡献后，作者情不自禁地说：“我愿是生活在你怀抱里的一条小鱼，一块鹅卵石。”可见作者一腔真情挚爱，全扑在小河里了。

唐代大诗人白居易说：“感人心者，莫先乎情。”家乡小河虽不是名胜也没有什么名气，但作者以情著文，就给朴质的小河平添了迷人的丰采，感人的神韵。

济南人正用辛勤的汗水把泉城建设得更加繁荣，更加美丽，更加迷人。

水美、山美、人更美的泉城啊，我爱你！

家乡美，山和水

◆文/刘　扬

美丽的泉城济南是我可爱的家乡，我生在这里，长在这里，泉城给了我甘甜的乳汁，哺育我茁壮成长。因此我对泉城产生了一种特殊的感情。

济南被人们称为泉城，是因为它有七十二名泉，而其中的趵突泉又被人们誉为天下第一名泉。趵突泉古称泺，早在两千六百年前的编年史《春秋》中就有“鲁桓公会齐侯于泺”的记载。趵突泉的泉池呈长方形，池中的三股水如吊桶，平地里涌出一尺来高，水声隆隆作响。趵突泉水温在十八度左右。冬天，水面上升起一团白雾，雾有时厚达四点五米，怪不得有位元代文学家写道：“云雾润蒸华不注，波涛声震大明湖。”池中的小泉眼也在不停地吐着水泡，有的像一串珍珠，有的像一朵美丽的珠花，真是千姿百态，美不胜收。趵突泉的水不但能供人欣赏，还是优质的饮用水呢。早在二百年前，乾隆皇帝南巡时，就把趵突泉的泉水带去饮用。如今，趵突泉已经回到人民的怀抱中，它不仅是泉城人民饮用的甘泉，而且成为泉城人民以至中外游客游览观赏的乐园。

我们泉城不仅有水，还有山。最著名的要数千佛山了。千佛山虽然不像泰山那样峰峦雄伟，但是它有自己独特的风格。千佛山上的佛像可真多啊，极乐洞的石壁上，千佛崖上，佛像密密麻麻，数都数不过来。千佛山上的佛像可真大啊，极乐洞里的弥勒佛身高三米多，满面笑容，圆鼓鼓的大肚子裸露着，神态自若，呼之欲出。人们都会为那些没留下姓名的艺术大师的鬼斧神工而倾倒。千佛山上的佛像可真奇啊，有的双手合十，有的盘膝而坐，有的袒胸露肚，有的怒发冲冠，千姿百态，各不相同。登上山顶，泉城的一切景色都尽收眼底了。那拔地而起高达九十多米的是省广播电视中心大楼，那闪闪发光的镜子是大明湖，那黄色的绸带是中华民族的摇篮——黄河。

我们的泉城是一座历史名城，著名的人物数不胜数。在宋朝时，出现了两位历史名人。一位是民族英雄辛弃疾，他既是抗金勇士，又是伟大的爱国文学家；另一位是伟大的女词人——李清照，她给人们留下了许多慷慨激昂、充满高尚民族气节的诗句。但这已经成为历史。现在，济南人民继承和发扬了祖先的光荣传统和爱国精神，在建设祖国，保卫边疆的战斗中，创建着丰功伟绩。济南人正用辛勤的汗水把泉城建设得更加繁荣，更加美丽，更加迷人。

水美、山美、人更美的泉城啊，我爱你！

详略得当,脉络清晰

◇赏析/孙 闻

本文作者饱含着对家乡的无限热爱,写出了家乡的秀丽景色和悠久历史。本文的突出优点是能抓住济南的特点,描写中详略得当,重点突出。

济南是我国著名的泉城,所以作者开篇先写“泉”,而又把重点放在写“趵突泉”上,写了它的历史,它的形状,它的特点;写山,重点写千佛山,抓住了佛像多、大、奇的特点;写人,不仅写了古人——辛弃疾和李清照,而且还写出了现在济南人的风貌。全文层次非常清楚,以点带面,写出了济南的特点,流露出作者对家乡的款款深情。

文章涉及的材料庞杂,但作者却能轻松运用,从泉水、人物到山,从历代文人墨客对济南景色的歌咏,到现在济南人新的精神风貌,无所不包,但文章思路却十分清楚,这有赖于作者对众多材料的合理安排,恰当使用。作者以赞美家乡、讴歌家乡的人为主题,把庞杂的材料围绕这个主题“串”起来,使之形成了一个有机的整体。

故乡河哟，我深深地眷恋着你，像远方的游子思念母亲！你还在流着乳汁一样清甜的碧流么？还在流着故乡男子汉们的朗笑和女人们的温柔么？你夏日的黄昏还是那般甜甜富有浓郁的风情味么？

悠悠故乡河

◆文/佚　名

水是故乡甜。说起水，常常想起故乡的河。

啊，那条九曲十八弯，像抒情诗、像歌女舞带一样优美的蓝色的河啊……

故乡的河，蜿蜒在鲁西南平原上，名字叫汶河。修长的河道，宽阔的河面，河水浅处过膝，深处没颈，像刚流出的山泉一样，清澈见底，水底多彩的贝壳，晶莹的石子历历在目。它悠悠地从远方游来，一年四季碧流不断。河里生长着上百种动植物：有嫩青的河藻、淡淡的水草,有白鲢、红鲤、黄鳝,还有河蚌、河蟹、河龟……河畔碧青的草地上,常常可见羊群洁白的身影和牧羊鞭上火红的流苏。银白色的河滩上,有片片茂密的柳树林。每当春风悄悄流过,柳树林便成了画眉、百灵、春燕、黄莺……各种鸟儿翔集而至之地。它们引颈争鸣,从晨光微露到明月初上,歌声不断,如一幅动人情思的柳浪闻莺图,有时还会传来牧童嘹亮的笛音,撩拨你蔚蓝的情怀。河两岸上便是一方方平平展展的肥田沃壤。秋天,金黄的稻谷、雪白的棉花、火红的高粱……像一轴几十里长的巨幅油画绵延铺展,十分壮美。

河畔错错落落密集着许多村庄,我的故乡就在其中,这许多村庄临清流而居,就像无数块精美的绿宝石串联在一条闪光的银链上。这条蓝色的河流给故乡一带的父老兄妹带来了多少丰收的欢欣、生活的喜悦和美好憧憬啊!一年四季,故乡的人们在这条河里淘米、洗菜、洗衣,弯弯曲曲的河面上常荡漾着女人们的银铃般的清脆歌声。每天朝晖初洒的时候,村姑们拿桶到河边汲水。桶里水摇晃着鲜红的太阳,甩下长长的闪光的水滴似液化的火苗,伴着一个个窈窕的身影融进千家万户之中。不一会儿,甜甜的河水便蒸发成熟米的馨香,在蓝蓝的炊烟里袅袅升起,飘绕在河道上空,久久不散。那么温柔,那么迷离,像一位多情的少女眷恋着这片土地。

这条丰腴的河流,给两岸人民的生活带来了多少灌溉之利啊。每逢旱季,人们在河边安上潜水泵,一时间,沿河百里,“哗哗哗”的浇地声,在黎明里,黄昏里,月辉星光经久不断。那清朗朗的河水便打着旋儿,翻着花儿,冒着沫儿,潺潺地流向晒蔫的禾苗。不几天,禾苗便青了,壮了,“吱吱”的拔节了。到秋天,又是一个五谷满仓的丰收年。山里人来串亲访友,吃着白生生、甜软软的麦子面馍馍,总羡慕地说:“还是下洼地好,旱能浇,涝能排,俺那里老天爷不下雨,全家饿死在碗里。”主人得意,自豪地说:“俺全仗了这条河哩,你喝这水有多甜?加上蜜糖儿似的——也真的,没有这河水的救济,还不和山里一样?”肥沃了千顷良田,丰实了万家生活的河哟,人们对它的感情是多么深厚啊!河两岸祖祖辈辈的人们,谁没有喝过它的乳汁呢?

河流还给两岸乡民的日常生活带来了无穷的便利和乐趣。田间劳作的人们，渴了，掬一捧清清的河水，“咕咚咕咚”喝下，顿觉胸爽神清；累了，到河套柳林里的软软的沙滩上或坐或躺，听流水泛泛入耳，任清风徐徐吹拂，既惬意又消乏。

热闹的时候是夏天。黄昏时，劳累了一天的男子汉们披着满身汗，拖着疲倦的身子，身后跟着自家的小孩子，来到河边，脱得一丝不挂，跨进河里洗一个惬意的温水澡。大人们一边互相搓着脊背，一边聊这河的历史、传说，聊永远也聊不完的生活琐事；孩子们则“澎澎”在打水仗，捉“龙王”，溅得水花激扬，欢乐的歌声跟着河水向远方流淌，连绵几十里“玉带”笑声不绝。这真是一幅乡土味十分浓郁的风景画……

啊，故乡的河，你是那么富饶、温厚、明快而又美丽啊！

物换星移几度秋，我告别童年，告别故乡的河已经十几年了。可是故乡的河并没有在我的记忆的荧光屏上消失，常常在梦中听到它的均匀的呼吸，看见它映着白云、映着姑娘们倩影的碧波和两岸飘起的蓝蓝的炊烟……故乡河哟，我深深地眷恋着你，像远方的游子思念母亲！你还在流着乳汁一样清甜的碧流么？还在流着故乡男子汉们的朗笑和女人们的温柔么？你夏日的黄昏还是那般甜甜富有浓郁的风情味么？……夜阑的时候，我是这般地思念着你呀！

诗一般的美文

◇赏析/木　木

这是一篇情文并茂的记叙文。作者通过写故乡悠悠的河水，表达了对故乡的深深热爱、眷恋之情。文章先总写故乡的河。再用四个自然段分别写了故乡如诗如画的美景，河水带给家乡父老的便利和乐趣，表现了故乡的河的富饶、温厚、明快和美丽。最后，用饱含深情的语句，抒发了自己对故乡的河的由衷赞美和热爱之情。

文章结构严谨，行文思路流畅自然。语言优美动人，读来如同一首散文诗。如写故乡的美景，从视觉、听觉、触觉、味觉等多角度着笔，有静景的描绘，更有动景的刻画；有工笔的细描，如河水的深浅、水底的贝壳、水草、鱼儿等，如数家珍；有大笔勾勒“像一轴十里长的巨幅油画绵延铺展，十分壮美。”文章还成功地运用了比喻、排比等修辞手法。如“每当春风悄悄流过，柳树林便成了画眉、百灵、春燕、黄莺……各种鸟儿翔集而至之地。它们引颈争鸣，从晨光微露到明月初上，歌声不断，如一幅动人情思的柳浪闻莺图……”“河畔错错落落密集着许多村庄，我的故乡就在其中，这许多村庄临清流而居，就像无数块精美的绿宝石串联在一条闪光的银链上。”把河滩上的美丽景观比作一幅动人情思的柳浪闻莺图，把河岸临清流而居的村庄比作无数块精美的绿宝石串在一条闪光的银链上，生动地写出了河滩河畔的美景，使人觉得故乡河充满了诗情画意。文章最后的一组排比句，运用多种修辞手法，“你还在流着乳汁一样清甜的碧流么？还在流着故乡男子汉们的朗笑和女人们的温柔么？你夏日的黄昏还是那般甜甜富有浓郁的风情味么？……”诗化的语言表达了无尽的眷恋。

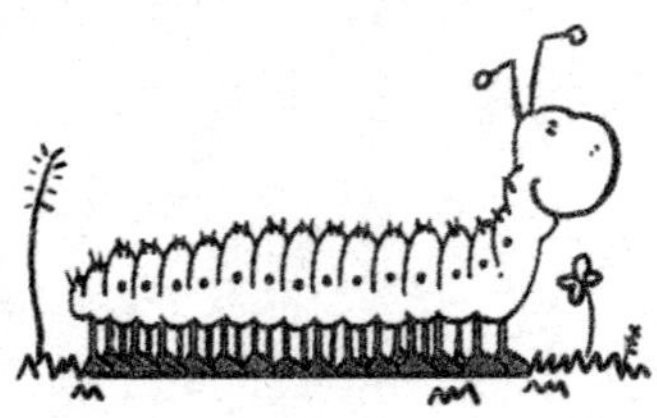

大人的捕鱼是正式的，郑重的。他们将秫秸剥了皮，用那光滑发亮的秫秸扎成筏子，一只筏子只能站一个人。只有四个秫秸的筏子浮力有限，打鱼的人，加上网，使劲撑篙时筏子会被压到水里大半，好一会儿才能完全浮上来。

故乡的池塘

◆文/王佻军

黑墩屯多井，多池塘。

村的东南西北都有池塘，几乎围了一圈。村人将池塘称为汪。东汪最长，由三个面积十几亩的汪组成。从东菜园到东小桥，是北半部分。过小桥，是南半部分。小桥旁原是李景明家和马胜运家的旧宅。东汪的流水在梁福全和修继文两家之间的桥下穿过，经一水沟，与再东边的方形汪连接。那汪虽不大，但较深。此汪经汪北家的菜园，与曲折的东南汪连接，并延伸至南湖。南湖没有桥，直接和南大路的水沟连接，水多时顺沟下到马家宅。东汪向上，在王克顺老家那里也有小桥，桥下的水沟和北边的蒲汪连在一起。

这些汪将大半个村庄围起来，像古代城市的护城河。村西，有西沙汪、西南汪和南大汪。南大汪面积最大，有几十亩的水面。在村子中间另有庙汪。庙汪的水最脏，但它是该村的灭火器(遇到失火村民可从此汪取水救火)，地位重要。后来庙汪被填平，盖了房子。除村四周这些汪外，在田野中还散布着两个窑汪、刀把子汪、丁家汪等若干小型汪塘。在村南大路那边，还有两个小汪，通常长满水草，我叫不上名字了。

形成汪塘的原因，一是当年的自然积水，二是修建房屋时挖土造成。汪塘的用途，一是浇地，二是洗澡，三是饮牲口，四是救火，五是防卫土匪的侵扰。当时还没人想到水面对小气候的影响。村东北，即窑汪旁挖的大井，因大而无当就成了汪塘。大井原是为灌溉用，但因不能及时配套，就成了池塘。

汪塘是黑墩屯最美的风景。东大汪里长满芦苇，多年生长的芦苇如绿色屏风装点了水面和村庄。成群的鸭子在芦苇荡里穿来穿去。冬天水浅时，黑色的芦根会显示出来。当芦苇刚从春水里冒出嫩芽新叶，孩子们就折了芦叶，卷成喇叭，呜呜地吹着，像是节日。到端午节前，女人弄了芦叶包粽子。芦苇开花的季节，那些会做芦花草鞋的人们就带了长长的钩子，到池塘四周采集芦花，作为冬天做鞋的材料。芦花白了的时候，空气里飘荡着细小的花絮，轻柔而纯洁。汪塘的岸边，长着芦苇的同类，荻。芦和荻不是同一种植物。芦苇花没有荻花那么滑溜，但比荻花要白。芦叶比荻叶宽大，但芦苇的秆子没有荻的硬。如不细致地看，往往分不开它们，其实二者的区别是很明显的。

在芦荻密集的地方有很多鲫鱼，因为狭窄的水面很难撒网捕捞，所以鱼儿们也就安全一些。鲫鱼和鸵鸟有相似的地方，遇到危险就把头插进淤泥里，不动，用手轻易就能捉到。从夏到秋，大片的芦荻如水上的森林，深邃而神秘。有一种鸟喜欢在芦荻间产卵抱窝，叫声如敲鼓，响亮辽远。这种俗名“芦喳”的鸟，孵化小鸟的窝据说是浮在水面上，可以移动的，我从来没有捉到过。夏秋季节，风掠过密不透风的芦荻森林，其音悦耳。芦荻的花絮在冬天里白如新雪，麻雀成群结队地在那里起落。到池塘结冰时，人们拿了铁锨，顺着冰的平面轻易就能将芦荻铲下来。芦荻的主要用途是编织斗笠、席子、笼子和褶子。芦荻也可以做成把子，用来铺设房顶的平面，以便在上面缮草或铺瓦。荻子的另一用途是做廉子。北方缺竹，以荻代替。廉子一般是用来晒粮食、棉花，丧事时也可做灵堂前挂的帷幕。

黑墩屯的汪塘多为泥底，适合芦苇和莲藕的生长，但不适合游泳。过去那些汪塘里总是长满莲藕，美丽的荷叶和高洁的荷花给土里土气的村庄很大一份幽雅。晚上乘凉的时候，能听到草鱼咬嚼新荷的声音。汪塘里挤满了莲藕，没地方游泳。村中最适合游泳的地方是西沙汪、北蒲汪和大井。西沙汪是沙底，游泳之后脚上不会有泥巴，容易穿鞋子。蒲汪也有一部分是沙底，但因水深，也凉，不适合老人用。另一个适合游泳的地方是大井，大井水很清，四周有水泥围墙，洗澡后可以在围墙上擦干身子穿上鞋。大井的缺点是不够大，也太深，小孩子在那里游泳比较危险。人多时，会传染红眼病等夏天容易流行的疾病。

我喜欢村里的汪塘，也喜欢某些水井。最好的水井是村东大菜园里那一眼。该井坐落在王学仲、赵光明、胡玉珂三家的菜园之间，井旁有几棵柿子树和槐树。王学仲家的柿树上结的是扁平柿子，赵光明家的柿树上结的是牛心柿子，不同。小时曾经误吃过未成熟的柿子纽儿，领教了“涩”是什么滋味。井上有桔槔，桔槔架在两棵槐树上。那么大的菜园就这一眼水井，所以那桔槔几乎总是有人用，井水也就特别的清、特别的甜、特别的凉。从春天到秋天的大半年里，从这井里打出的水都可直接饮用，别的井不行。我小时常将新鲜的蒜瓣放在小瓦罐里，用细绳吊着放在井水里，等一会儿提起来，味道比现在吃的冰淇淋要好。李景明家的新房就在大菜园的水井附近。他家老房子虽也靠水井，但那井是村里最差的，因为太靠近大汪，井水跟汪里的水差不多，太阳一晒，水里就飘着又脏又长的“异不子”。李景明家从最差的水井旁迁到最好的水井旁，真有好福气。

早先，所有汪塘都是公共的，谁都可以在任何地方任何时间去汪塘里洗澡游泳，也可以捕鱼。大人的捕鱼是正式的，郑重的。他们将秫秸剥了皮，用那光滑发亮的秫秸扎成筏子，一只筏子只能站一个人。只有四个秫秸的筏子浮力有限，打鱼的人，加上网，使劲撑篙时筏子会被压到水里大半，好一会儿才能完全浮上来。细长的篙斜插在水里，一撑，再一撑，筏子就在水面上移动，借以寻找大鱼的踪迹。他们撒网的姿势非常潇洒，如国画里的情景。每次逮到大鱼，岸上就有人喝彩。我们小孩子是逮不到大鱼的，只能拿小网子在岸边抄那些趴趴头和小虾什么的。麦收前后，汪塘里氧气不足，会出现翻汪现象。翻汪时，鱼儿将头伸出水面，直接吸收空气中的氧。那么多鱼的嘴巴露出水面，缓慢移动，叫人兴奋。只要将网子伸到它们下面，向上一抬，就能把它们逮住。我从小最爱睡懒觉，可是只要爹说翻汪了，我会骨碌爬起来，提了网子就向汪塘奔去。

许多汪塘连接在一起，到发大水的季节，各小桥下都是激流。谁最先将网按在桥下，谁就取得了在那里逮鱼的优先权。两个人，一人掌握一边，不断地放下，时不时提起，就有鱼儿在网里。站在桥上的孩子将活蹦乱跳的鱼拿进鱼篓里。大水过后，桥下水流缓了，就有人在桥下做了堑。堑上有一水平的缺口，高低取决于水面。水从缺口上缓慢流下，下面是一个用硬泥做成的水槽。水槽是斜着的。水从堑上的缺口下来，顺了斜的水槽流去，发出轻微的声音。这时就有小鱼从下面游上来，企图窜到上面去。因水槽是斜着的，且低于堑那边的水面，鱼儿们向上窜的劲头越猛，越容易落到水槽那边的鱼篓(或放鱼的小水池)里。这种用堑逮鱼的方式，叫“梁子”。这是我小时看到的最聪明的逮鱼法。我也曾在桥下做过梁子，当然也逮到过许多鱼。

这时，桥板上和桥旁边往往有很多人。在桥上的，主要是女人。她们将冬天的棉衣拿出来，放在光滑的青石桥板上，用两只赤脚反复地踩，脏棉衣就会变得干净。这样做，一是因汪塘此时水面高，不费力就能从汪塘里舀水到桥板上。第二，农民那时没有肥皂或洗衣粉之类，只好在利用自然水上打主意。第三，夏天阳光好，浸泡洗涤的棉衣虽然厚重，只要拧干水，架起来，很快就能晒干。

四十年过去，情况大大的不同了。芦和荻已完全消失，连一根都看不到。莲藕也死亡殆尽，当然也就没有了飘逸高贵的荷花。地下水位的降低造成所有汪塘的枯水，通常只有小半槽水，天旱的时候，几乎没有水。泱泱的水和浓密的芦荻都没有了，小孩子不记得黑墩屯的汪塘曾经有过多么美好的昨天。桥板上再也没人洗衣服，也无鱼可逮。汪塘都被人承包起来，养了私人的鱼。为防止有人撒网偷鱼，承包者在汪塘里放了很多树枝。水面低落，腐烂发黑的树枝乱七八糟横在水里。春天里再也没有方便的芦叶包粽子，夏天里再也没有那种如诗的风声，秋天再也没有雪白的花絮。冬天虽然还有冰，但冰的表面不再光滑，那里到处是露出半截的树枝。本来，汪塘的初冰是绿色的，现在不知怎么连冰都不干净了，第一场冰也是惨白的样子。当然，麦收时节再也没有翻汪的乐趣。

没了充沛的水，池塘显得丑陋，而且不可能再恢复到过去的样子。降水少了，冬天雪也少了，地下水位在降低，所有汪塘都面临着不可逆转的困境。承包汪塘的农户也在焦虑，因为他们没有足够的力量让汪塘里充满水，鱼也就长不好。每当议论起黑墩屯的汪塘，村民就说：人真是恶物啊，什么东西都能糟蹋干净，连抓不住的水都难以逃脱！

记忆中的那方池塘

◇赏析/冉彩虹

《故乡的池塘》没有正面去描写自己对故乡的怀念，只是写了自己对故乡池塘的一些回忆。那些回忆是那么清晰，那么全面，从中我们可以看出作者对故乡池塘的喜爱。同时也可以感受到作者对故乡的怀念之情。

文章首先写了池塘的形成，让读者对池塘的外形有了一个理性上的认识，知道了池塘“像古代城市的护城河”，接着作者又写了池塘形成的原因——“一是当年的自然积水，二是修建房屋时挖土造成。”然后作者用简洁明了的文字写了池塘的五个用途——“一是浇地，二是洗澡，三是饮牲口，四是救火，五是防卫土匪的侵扰”。看过这些描写我们不得不佩服作者知识面的宽广。如果他对自然、历史、地理知识不了解的话是写不出这些文字的，可见要成就一篇美文，没有一定的知识的积淀是不行的。

简要概述了池塘的大致情况后，作者又详细描写了池塘的风景及情景。语言十分平实、平和，但又令人回味无穷。一些情景、一些事物、一些往事、一些回忆，作者缓缓倾诉这看似波澜不惊的文字却蕴藏着很浓的情感，表达了作者那悠悠的思乡之情。

纵观全文，没有浮华的词藻，没有巧妙的构思，通篇都写得很朴实，很普通。初读，真是觉得十分苍白空洞；可再读，竟读出味道；细读，终于品出文字中的精髓，里面的含义真是深刻隽永，令人回味。也许这就是写作的魅力所在吧？正应了那句古话：“文章本天成，妙手偶得之。”

说实在的，即使是真正天然矿泉水，饮啜起来，在感觉上、在心情上比起大陆故乡的水，和安居了三十多年第二故乡台湾的水，能一样的清冽甘美吗？

水是故乡甜

◆文/琦　君

此次经欧洲来美，一路上喝得最多的是矿泉水。因为其他各种五颜六色的饮料，价钱既贵又不解渴，只有矿泉水，喝起来清清淡淡中略带苦涩，倒似乎别有滋味。欧洲人都喜欢喝矿泉水，据说对健康有益。尤其是意大利的矿泉水是出名的。看他们一个个红光满面，体魄壮健，是否矿泉水之功呢？

旅馆卧房小冰箱里，也摆有矿泉水，以便旅客随时取饮，价钱就不便宜了。我灵机一动，从行囊中取出钢精杯、锡兰红茶，和一把电匙，插上电，将矿泉水倾入杯中煮开，冲一杯锡兰红茶来喝，香香热热的，可说是旅途中最悠闲舒适的享受了。

外子说矿泉水其实就是山泉，如果泡的是冻顶乌龙，那就更有味道了。我一向不懂得品茶，在旅途疲劳中，能有一杯自己现泡的热红茶，已觉如仙品般的清香隽永了。

他啜着茶，就想起故乡四川的山泉来。那种山泉，随处都有，行路之人渴了就俯身双手从溪涧中捧起来喝个足，哪里像现在文明时代，一瓶瓶装起来卖钱呢。俗话说得好："人穷志不穷，家穷水不穷。"这话我最听得进。因为我故乡家中的水就有三种，河水、井水、山水。山水是长工每天清早去溪边一桶桶挑来，倾在大水池中备饮食之用，洗涤多用河水。母亲为了长工挑水辛苦，叫聪明灵巧的小帮工，用一根根长竹竿，连接起来，从最靠近屋子的山边，引来极细小的一缕清泉，从厨房窗外把竹竿伸入，滴在一只小缸中。这才是涓涓滴滴的源头活水，一天接不了多少。母亲只舀来做供佛的净水，然后泡茶给父亲喝。"喝这样清的山水，又是供过佛的，保佑你长生不老。"母亲总是这么说的。那时泡的茶叶，除了家乡的明前茶、雨前茶之外，还有从杭州带回的龙井。父亲品着茶，常常说："龙井茶，一定要虎跑水来泡才香、才地道。"母亲不以为然地说："是哪里生长的人，就该喝哪里的水。要知道，水是故乡的甜哟。"母亲还说："孩子们多喝点家乡的水，底子厚了，以后出门在外，才会承受得住异乡的水土。"

事实上，母亲也是非常爱喝虎跑水泡的龙井茶的。不过她居住杭州的时日不多，平时又很少外出，我们出去游玩，她常捧个大玻璃瓶给我说："舀点虎跑水回来。"我马上接一句："供佛后喝了长命百岁。"母亲高兴地笑了。

现在想起来，虎跑水才是真正的矿泉水。那时曾做过试验，装一碗满满的水，把铜元一个个慢慢丢进去，丢到十个铜元，碗口水面涨得圆鼓鼓的，水都不会溢出来。因为它含的矿物质多，比重很大，所以喝虎跑水一定是有益健康的。

父亲旅居杭州日久，非常喜欢喝虎跑水烹龙井茶，但喝着喝着，却又念念不忘故乡的明前、雨前茶和清洌的山泉。他也思念邻县雁荡山的茶、龙湫的水，真是"人情同于怀土兮，岂穷达而异心"。父亲晚年避乱返故乡，又得饮自己屋子后山直接引来的源头活水，原该是心满意足的，但他居魏阙而思江河，倒又怀念起杭州的龙井茶与虎跑水来。实在是因为当时第二故乡的杭州，正陷于日寇之故吧。

我们这回在欧洲，一路饮着异乡异土的矿泉水，行旅匆匆，连心情都变得麻木了。到了德国的布莱梅，特地去探望数十年未晤面的亲戚，他兴奋地取出最上品的龙井茶款待我们。问他是台湾产品吗？他说是真正从杭州带出来的茶叶，是一位亲人离开大陆时带给他以慰他多年乡愁的。我本来不辨茶味，但那一盏龙井的清香，却是永远难忘。我们说起欧洲人喜欢喝矿泉水，他笑笑说，台湾阿里山、日月潭、苏澳的冷泉，不就是最好的天然矿泉水吗？

他这话，倒使我想起，早期台湾有一种小小玻璃瓶装的“弹子汽水”。瓶口有一粒弹珠，用力一压，弹珠落下去，汽水就喷出来，味道淡淡的，不像后来的汽水那么甜得不解渴。我因为爱“弹子汽水”这个名称，以及开瓶时把弹珠一压的那点儿情趣，所以很喜欢买来喝，他常笑我犯幼稚病。后来时代进步了，黑松汽水和各种饮料充斥市面，哪还找得到“弹子汽水”的影儿呢？但我脑海中总时常盘旋着弹子汽水瓶那副短短脖子的笨拙样子，尤其是早年在苏澳游玩时喝的那一瓶。

台湾这许多年来，制茶技术愈来愈精进，无论是清茶、香片、龙井等，都是名闻遗迹。尤其是南投溪头的冻顶乌龙，更是无与伦比。旅居海外多年的侨胞，总不忘源源自台湾带出来各种名茶，自饮之外，更以分飨友好。尽管用以沏茶的水不是从故乡来的，但只要是故乡的茶叶，喝起来也会有一股淡淡的甜味吧。

有一次我们在友人家，她细心地问我们要喝哪一种茶，香片、龙井、乌龙都有，她是什么茶都喜欢。我想了半天，却问她：“你有没有矿泉水？”她大笑说：“你怎么这么特别？大家都喝热茶，你要喝什么矿泉水。”我只好说因为胃酸过多，不相宜喝茶。其实我是想起了在欧洲时喝的矿泉水，多少还有点故乡山泉的味道，不知美国的矿泉水是不是差不多的。而且我也想试试自己，能不能像母亲当年说的，喝过本乡本土的水，有了深厚的底子，就能承受异国的水土了。

美国人爱喝各种果汁，大概是减肥或特别注意健康的人才喝矿泉水吧。但不知超级市场那样大瓶大瓶的矿泉水，究竟是人工的还是天然的。如果是天然的，却又取自何处深山溪涧呢？实在令人怀疑。

说实在的，即使是真正天然矿泉水，饮啜起来，在感觉上、在心情上比起大陆故乡的水，和安居了三十多年第二故乡台湾的水，能一样的清冽甘美吗？

以水载乡愁

◇赏析/冉彩虹

认识琦君，是从《橘子红了》开始的，她的这部作品被改编成的电视剧着实是火了一把，观众也深深记住了琦君这个名字。自从接触了她极具灵性的文字后，便被她文字中散发出的细腻、温婉深深地折服了。

《水是故乡甜》是一篇很具美感的散文小品，作者通过描写对故乡水的思念，表达了自己的那种强烈的思乡之情。旅居海外，那时刻萦绕于脑际心间的乡思与乡愁是看不见、摸不着、嗅不到的，怎样才能将其真实地表达出来，既能表达自己的思乡之情，又能摄他人心魄呢？作者巧妙地以故乡水为载体，以浓浓的乡愁为一条暗线，时刻将水与故乡相连，写得自然贴切、美而不俗。

文中母亲的话给我印象很深，母亲说："是哪里生长的人，就该喝哪里的水。要知道，水是故乡的甜哟。"又说："孩子们多喝点家乡的水，底子厚了，以后出门在外，才会承受得住异乡的水土。"这话很普通、平实，却让人心中有一种莫名的感动，心中有一股关于故乡情结的暖流涌过。

是啊，不管游子身在何方，目光始终都朝着故乡的那个方向眺望着，心也朝那个方向跳动。

面对无数已经陌生的面孔，我的心绪也染上那种“笑问客从何处来”的惆怅……惟有那座山，把那么多愉快或不愉快的往事都酿成芬芳的美酒，任你品尝，任你回味……

故乡的那座山

◆文/程　远

其实，那是一座平常的山，平常得甚至没有名字。兵荒马乱的年代里，那山上建过一个监视哨，打那以后，人们便叫它监视哨山了。

那山，说来也不平常，既然建过监视哨，那它就是比周围的山要高一截子，至少在这个圈子里它要算“龙头老大”了。

那山的前面有几百米的悬崖耸立着，后面便是一坡厚厚的黄土，生长着繁茂的庄稼。

我们居住的村子就在这座山下，我们生产队的农田大都在这座山上。

小时候这座山在我们眼中很神秘，上了年纪的人常给我们讲它的故事。当年国民党在山上修过碉堡，盖过岗楼，八路军同他们在那里展开过激烈的争夺战……有一次我和几个小伙伴还偷偷地爬上山去，倒是真的在战壕和碉堡遗址中捡回几个纯铜的子弹壳来。

读书的时候，老师带我们到那座山上春游，那时叫野游。曾做过夺红旗、抓特务的游戏——重演了一次当年的战争。

吃“大锅饭”的岁月，爸爸妈妈曾领着我偷偷地上那座山上开小片荒。田头地角都被别人开遍了，找来找去，最后我们选择了那个碉堡遗址。我们把四周的土往中间平了平，形成了一个略带凹形的洼地。这小块地，不但有保存水分和养料的优势，而且窝风朝阳，无论种上什么作物都长得又黑又壮。

当我成为人民公社社员的时候，那山便是最亲密的朋友了，春天往山上担肥，夏天在山上锄草，秋天往山下背一年的辛劳……那山上的风为我擦过汗，那山上的云为我遮过阳，那山上的雨为我洗过身上的尘土，那山上的炎炎烈日，硬是把我晒成一棵“红高粱”。

那山，让我背负着那么多沉重的记忆……

修大寨田，我把青春年华，一锹一锹地埋在那座山上。以“阶级斗争为纲”的年代，山头也摆开过“斗争的战场”。每天出工，都要扛着红旗，带上报纸，捧着毛主席画像……

那山，也有过荒诞的历史。

我与那山在一起厮守了十几年，后来我感到厌倦了，我便义无反顾地离开了它。

我走得很远很远，即使它是“龙头老大”，也“监视”不到我，我决心把它遗忘。

过了许多年后，我突然发现，那座山我不但没有忘掉，而且愈来愈清晰地不断在我的脑海中闪现。

前不久，我回到了离别近二十年的故乡。面对无数已经陌生的面孔，我的心绪也染上那种“笑问客从何处来”的惆怅……惟有那座山，把那么多愉快或不愉快的往事都酿成芬芳的美酒，任你品尝，任你回味……

那山 那事 那情

◇赏析/卢丽丽

这篇文章的构思相当出色。本文看似随意而谈，不怎么显眼，其实大有历览古今、囊括一切的气概。全篇按照时间线索记叙了故乡的那座山，虽然对山没有作详细的描述，却有对往事的追忆。透过作品的字里行间，我们可以了解到作者在不同时期的不同生活状况。

兵荒马乱的年代，八路军同国民党在山上展开过激烈的争夺战。全国解放的和平年代，年少的我们常听上了年纪的人给我们讲山的故事，还偷偷爬上山去捡回几个子弹壳来；读书的时候到那座山上野游，重演了当年的战争。吃大锅饭的岁月，那座山成为全村的作物之地、生活之源。人民公社时期，那座山留有我的辛劳。“文化大革命”时期，那座山有过荒诞的历史，留有我的青春年华。

有些东西失去了，才觉得它的珍贵，特别是平凡的事物。作者由于厌倦，离开了陪伴他成长、一起厮守了十几年的山，多年之后，才突然发现那座山“不但没有忘掉，而且愈来愈清晰地不断在脑海中闪现”。那山，平常，有着非凡的经历，给我的童年留下了美好的回忆；那事，非同寻常，让“我”背负着沉重的记忆，使“我”刻骨铭心。“惟有那山，把那么多愉快或不愉快的往事都酿成芬芳的美酒，任你品尝，任你回味……”作者通过那座山，抒发了浓郁的怀乡之情。

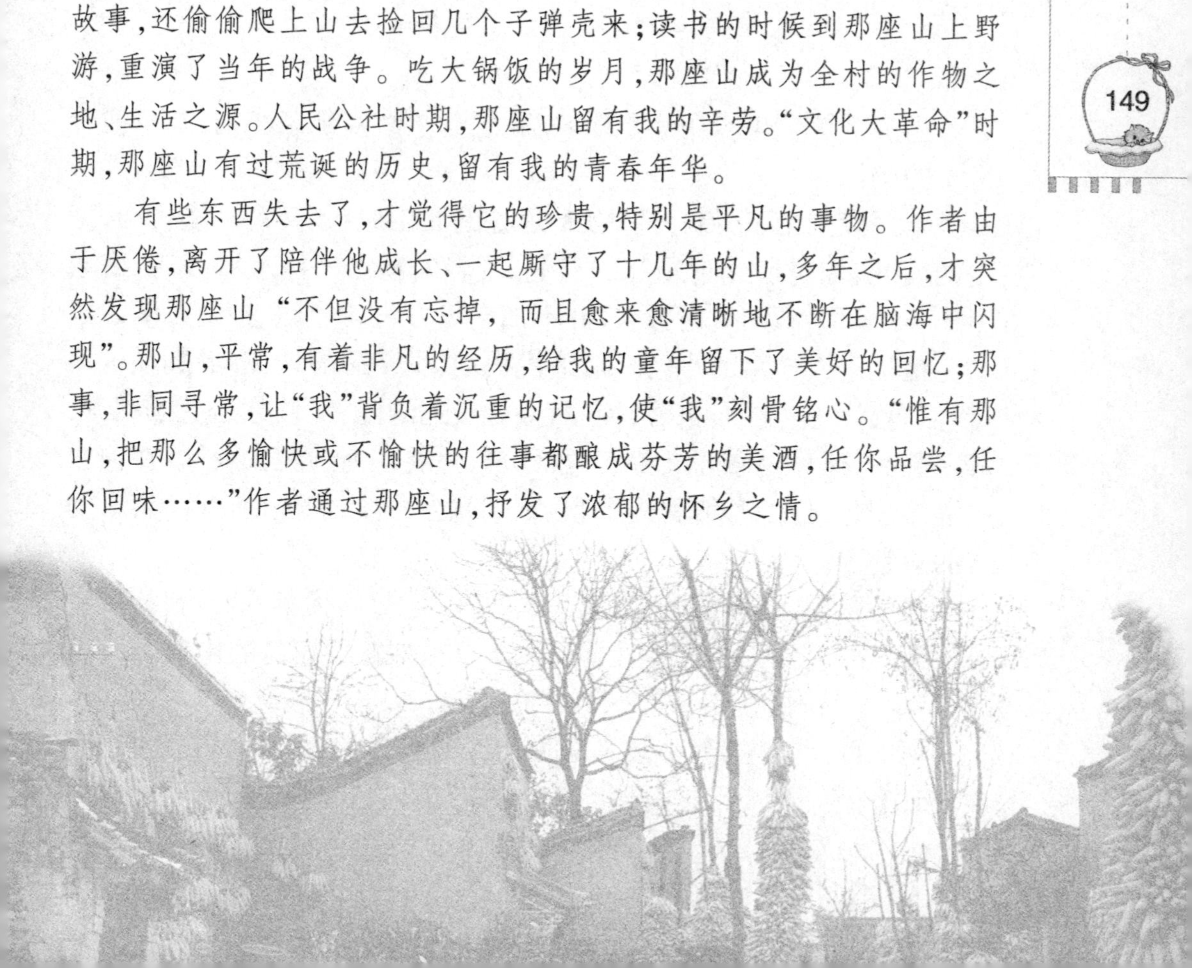

啊,童年的小河,你就这样流淌着、凝结着,实心实意地呵护着土地,陪伴着古镇,滋养着心田。你为一代代故乡的孩童带来终身受用的愉悦。

童年的小河

◆文/富　莹

生命之旅在尘嚣中疲惫时,我就想起了故乡那条小河,那条属于童年的小河。

丰川薛刚山下,有一座古庙。远处的北山崖头,又有一座古庙。两山两庙间,像是造化不经意的一笔,轻轻勾勒出一抹水墨痕迹,变成了一条小河。不知从何方来,亦不知向何方去,默默守护着古镇。

这是条极平常的小河。清清浅浅地、平平静静地、舒舒娴娴地流着、流着。谦虚、温顺、执著、纯厚,像是贤达的隐者。任你是游子羁旅、辞客骚人,任你是豪强义侠、名宦巨贾,只要在河边脱去靴冠,在河水中濯缨濯足,你的心境就会平和,意气就会冲淡,恍恍惚惚间,溶入河水的真趣中。

河的东岸,一碧的芳草甸上,是牧童牛羊。有稀落的农舍,掩映于豆架菜花中。岸边的草地上,彩蝶舞,蛙鼓唱,不知名的山雀高下翻飞,凑成了热闹气象。

河的西岸,紧挨着小镇。傍晚的炊烟和着寺钟袅起,轻轻漫过河面,与山间暮霭弥汇。这时便有成群的老鸦,驮着夕阳归巢。河边的一尊石牛，披着月光，将身影投到河面上，不时引得宿鸟惊鸣。

夜静了，河湾也静了。连城中的婴啼、更夫的木拆，甚至河面倦蛙入水、小鱼喋萍的声音都听得到。也只有在这时，才能真正捕捉领略到河流那种潺潺细细的、银筝低诉玉屑轻击般的流音。

东河湾是孩子的极乐世界，最火的是夏季。

当河滩上青草弄绿，河岸上榆钱结串时，母亲们就带了孩子，三两结伴来到河边，就河石，击捶杵，漂洗起衣物来。攒足了劲的孩子们，岂等母亲叮嘱，早一个个脱得精光，推搡着，吆喊着，“扑通通”跳入水中。

小镇的孩子不谙泳术，通称“耍水”，本意也不在游，图个“耍”字。河水不深，大胆的想扎个猛子，站起来一脸泥沙，大多数是“狗刨”，站起来一肚皮河沙。胆小怕水的，只在沙滩上折腾。先用脚慢慢踩，不一会儿，脚下的稀泥沙就晃漾起，扩展开，渐渐溢出河水来。躺在上面乱打滚，就像在母亲怀中撒欢。孩子中也有竞赛，比的却是谁全身的泥巴多，谁泼溅的水花大，谁憋气的时间长。还有一项特殊赛事，看谁敢就着河水活吞小鱼。

玩久了，肚子开始咕咕叫，孩子们饿了。岸边的榆树上，有成串的浅黄色的榆钱儿，敢上树，就任意享用。那脆生生的口感，甜丝丝的味道，满把满口的豪爽，直引得母亲也垂涎。岸边还有园圃，有胆大的，光着屁股一溜烟飞奔到地头，拔个萝卜抱棵白菜，河水里随意一涮，你一口我一口轮着啃，一阵风卷残云，连缨子也吃个精光。上品是山上摘来的野杏，绿生生、毛茸茸，咬一口，直酸得人摇头瞠目，浑身打战。

秋风起，雁阵排，河湾终于沉寂下来。河面上，只有枯叶在微波中打旋。在孩子们焦急的等待中，冬天不紧不慢地来了。

懒洋洋的阳光照在明镜般的河冰上，依稀蒸腾起异色的烟霭。赤裸裸的大野上，河床宽展了一些，草甸旷远了一些，山岗清癯了一些，平林疏淡了一些。一阵风来，闻得远处墟落的鸡啼。时有进城的乡农赶着驴车从河面经过，留下两道清晰的冰辙。

河湾上的第二项乐事——溜冰的时节到了！用不着集合，只要是好天气，河面上休得安静。

要说孩子们玩冰，算来也有三等：一等是溜冰。将自身的脚印拓在木板上锯下来，下面嵌上两根铁丝，上面钉两根绳索绑在脚上，就算作冰鞋，跑起来虽快，得有点功夫。二等是滑冰车。将几块小木板钉在两根木档上，木档下面钉上铁铧，坐在上面双手执木柄铁锥，猛抡双臂，在冰面上疾刺，冰车就快速行进。末等什么也不用，叫做打“滑擦儿”，反正是由着性子时不时疾跑几步，“哧溜”一声，凭着惯性滑出数丈远，或蹲，或立，倒也有排云攘雾的感觉。于是乎，河面上汇起冰上三军，布下群雄逐鹿的战场。“将士”们一个个憋着红脸，绷着青筋，腾着热汗气，吸着冷鼻涕，呼喊着，鼓噪着。冰鞋为前锋，冰车作中军，打滑擦的尾随，密匝匝的一大堆。摔马趴的，跌屁墩的，前拉后扯的，晕头转向的，漫无目的地卷向前方，惊的那阳婆震颤，山峦回响，群鸦夺路……

啊，童年的小河，你就这样流淌着、凝结着，实心实意地呵护着土地，陪伴着古镇，滋养着心田。你为一代代故乡的孩童带来终身受用的愉悦。在你的怀中长大的人，无论萍漂天涯都已濡染了你独有的、微腥的气息。这气息，是一副天赐的灵药，渗透到千绕百结的乡愁里，渗透到牵肠挂肚的乡梦中。我不敢说我喜欢黄河，因为它浊流排空，令人生畏。我也不敢说我喜欢秦淮河，因为它脂粉沉凝，令人生腻。——我独爱你，童年的小河，即使我重生一次，也愿回到你的身旁。

小河情思

◇赏析/卢丽丽

我向往着烟波迷离的万里长江，架一叶轻舟，飞流直下，聆听猿猴在绝壁的林间啼叫，仰望神女峰在巫山的云雾间隐现，纵览两岸雄奇的山色，领略那朝辞白帝暮至江陵的迅疾；我也向往着风光明丽的大运河，扬一面白帆乘风鼓浪，凝睇那碧空帆影，追踪那六朝遗迹；然而，我更爱作者故乡那条属于童年的小河。

作者故乡那条属于童年的小河虽极平常，但却“谦虚、温顺、执著、纯厚”，它不仅“实心实意地呵护着土地，陪伴着古镇，滋养着心田”，而且还会平和你的心境，冲淡你的意气。此外，作者还通过小河介绍了古镇的风光以及回忆了童年的美好时光。

两山两庙，中间一条小河，轻轻勾勒出一幅水墨画。河的东岸有一碧的芳草甸，牧童牛羊；稀落的农舍，豆架菜花；草地，彩蝶、蛙、山雀。河的西岸有小镇，傍晚的炊烟，成群的老鸦，一尊石牛等，这些就构成了一幅精美的田园风光画卷。

东河湾是孩子的极乐世界，夏季耍水，冬季溜冰。作者以饱蘸深情的笔端，朴实的语言，详细地叙述了孩子们耍水、溜冰时的情形，真挚的表达了小河给故乡的孩童所带来的终身受用的愉悦，表现了作者对小河深深的爱，同时也抒发了作者浓浓的思乡之情。

童年的小河是作者生命之旅在尘嚣中疲惫时心灵的港湾，是作者故乡的化身。它那独有的、微腥的气息，是一副天赐的良药，渗透到千绕百结的乡愁里，渗透到牵肠挂肚的乡梦中。因此，不仅作者独爱它，连笔者也情不自禁地喜欢上这条“谦虚、温顺、执著、纯厚”的童年的小河了。

啊，会唱歌的小河，给我留下了多少美好的记忆，激起了我多少美妙的幻想……

故乡小河边

◆文/佚　名

我的童年，是在依山傍水的黎平度过的。那时候，我家门前有一条清澈见底的小河。小河日夜喧哗着，仿佛在唱一支无忧无虑的歌。啊，会唱歌的小河，给我留下了多少美好的记忆，激起了我多少美妙的幻想……

夏夜，美丽的小河变得更加迷人。整个村子静悄悄的，只听到小河“淙淙”的流水声。两岸，飘飘扬扬的垂柳枝条，顽皮地伸到河里，轻拂着白花花、亮晶晶的水；喇叭花那长长的绿藤密密地盘在柳梢上，夜来香散发出阵阵醉人的清香。草地上纺织娘“纺织纺织”地叫嚷，仿佛小河伴奏，萤火虫提着灯笼忽闪忽闪地，飞过来飞过去。夜空中，天河像一条乳白色的飘带，璀璨的繁星调皮地眨着眼……

我躺在草地上，仰望着银星，出神地听着水声。忽然，我扯着妈妈的袖子问道：“妈妈，天上的河也和这条河一样大、一样美吗？”妈妈笑着回答：“不，天河可大了，可是它哪有这么美呢！天河并不是一条河，是由许许多多密密麻麻的星星构成的。”“真的？天河上没有花儿？有鸟儿？”我睁大眼睛，呆呆地望着天河，我多想到天河上看一看啊。好久，我才轻轻地对妈妈说："妈妈，我看到了，天河上有鲜花，有纺织，河水还会唱歌呢！"妈妈看到我这副傻劲，有意逗我，"那什么时候，上去看看呗！"

"是啊，如果能遨游天河，那该多带劲啊！"听着妈妈的话，我出神仰望着天河，喃喃自语。

几只萤火虫忽闪地飞来了，悄悄地落在我的衣裙上，仿佛是天河星星访问我来了。

这一夜，我觉得故乡小河的流水声也显得特别好听，她好像带着我的遐想，流向远方，一直流入神秘的天河……

童年，是一支动听的歌谣

◇赏析/邹成平

读罢《故乡小河边》一文，我不禁陷入对童年的遐思，那该是一段多么快乐的时光啊，整日无忧无虑的歌唱，对万事万物都感到新鲜稀奇，敢于冒险，善于幻想，那简直就是生活在一个童话的王国里。

童年令作者那么难忘，是因为夏夜的小河是那样迷人。那是一幅怎样美丽的图画呢？作者巧妙地运用修辞细细描摹了画面的温馨与动人，“两岸，飘飘扬扬的垂柳枝条，顽皮地伸到河里，轻拂着白花花亮晶晶的水”，此句运用拟人，把垂柳枝条写得那样富有情趣，它们顷刻化作有生命的顽童，对小河流水的怜爱尽在不言中；“夜空中，天河像一条乳白色的飘带”，运用比喻，形象地描绘了银河的色彩和形状，还赋予它飘逸的气质，特征鲜明，让人易懂……作者又灵活地调动各种感觉器官，去体验夏夜里的诗情画意：有听到的流水声和纺织娘的伴奏，有看到的柳条、花朵、萤火虫和天上的银河与繁星；还有那沁人心脾的阵阵清香……作者还辅以动静结合写景物，让你对这幅画面感受得是那般全面，那样真切。

童年令作者那么难忘，是因为小河孕育了许多幻想。作者把小河与天河巧妙地联系起来，联想着天河也应该和小河一样有鲜花的清香，纺织娘的伴奏，流水的歌唱，于是一颗遨游天河的理想种子便播种在作者幼小的心灵里，有了理想的种子，愿望还会遥远吗？

倾听故乡小河的歌唱，打开早已尘封的记忆，才突然发现：童年，离我们并不遥远。

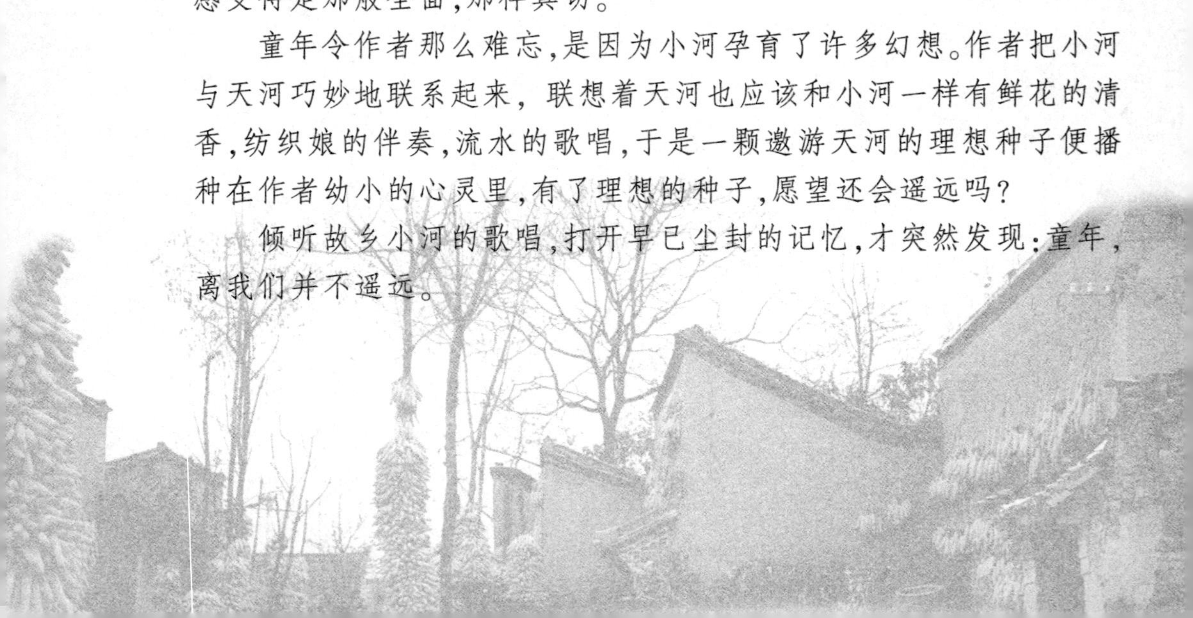

桥，通向城乡，通向世界。从此，故乡换了新装。

故乡的桥

◆文/艾 彤

我乡三县交界处横亘一座朗概山。面向我们坪上乡，从分水坳、梅赛坳流出四条小河，三条注入资江，一条注入湘江。河上有桥二十八座。

故乡的桥多是瓦屋木桥，乡里人叫“屋桥”，石墩上架厚实的木板或石板，桥两边立木柱木梁，上盖青瓦。桥面宽敞，两侧栏杆下，铺有一尺多宽的座板，供行人歇息。桥屋正中，面向上游，设有神龛，四时供奉关公，周仓、关平侍立两旁，一派肃穆神色。

屋桥大多建于清末民初，多为殷实人家集资而建。积德行善，修路架桥，热心公益，自古蔚然成风。以后，屡毁屡修，近百年通行无阻，皆因日常起居离不开路离不开桥。

我常走的是流经我们村东头小河上的那几座桥。这条长约二十华里的小河上，有回龙桥、峡山桥、时荣桥、罗家桥、三溪桥、密水桥、麻溪老桥、麻溪新桥等八座桥。我上学读书，去外婆家和大姐家做客，都要过几道河，过几座桥。走乏了，坐在桥头，看两岸风光，听桥下流水。行人川流不息，还有老者下棋的，小贩卖山果的，孩童跳绳嬉戏的，热热闹闹。我总要在桥上消磨半日，常常误了学，误了走亲良辰。二十个春秋，东桥来，西桥去，桥上留下我几许脚印，洒下我几许汗水？后来出远门走了，再也不见故乡的桥。然而，无论我走南闯北，客居他乡，故乡的桥总不离我，它常在我梦中萦绕——

啊，我梦见了故乡春日里的桥：燕子呢喃，驮一身雨水，斜斜掠过桥头。两岸绽开新绿，烟雨朦胧。满地油菜花，满山杜鹃花，桥旁边一树树红的白的桃花、梅花，更是分外艳丽。春风吹过，片片花瓣飘落水中……

啊，我梦见了故乡夏日里的桥：桥上一团白光，瓦面腾起火浪。桥上坐满了乘凉的行人，只见一片扑动的蒲扇、斗笠、汗巾。瓜豆细柔柔的藤蔓，勃勃地攀上桥来，挂一串串豆荚，披一身身绿叶，宛如绿帘，掩住阳光。一阵豪雨，桥上爆起一阵阵欢笑……

啊，我梦见了故乡秋日里的桥：秋风起，秋收忙。担担金谷桥上过，田夫挥汗说辛酸。炊烟起，谁家飘来新米香……

啊，我梦见了故乡冬日里的桥：瓦上皑皑白雪，瓦沿垂挂串串冰凌，雪花儿在桥屋里旋飞，不见了行人，不见了桥，桥上那楹联分外红艳……

早几年我回到家乡，梦中的桥又来到我身旁。我在桥上漫步，轻轻地抚摸桥柱桥栏。桥，依旧；流水，依旧。再细看两旁烟树人家，又似乎不像昔日的故乡，不像昔日的桥。不知何年何月，火车、汽车悄悄进了山乡。峡山桥旁，两峡高空，一桥飞架，一列火车隆隆驶过。于是，家乡有了一座座铁桥。三溪桥旁，两岸中央，一桥横跨，一辆辆汽车徐徐驶过。于是，家乡有了一座座公路桥。桥，通向城乡，通向世界。从此，故乡换了新装。

啊，我仍忘不了故乡的屋桥；屋桥上，有我浓浓的情、深深的爱！

赞家乡的桥

◇赏析/冉彩虹

《故乡的桥》是一篇充满了美感的文章，让我们在欣赏美文的同时感受到的是作者对故乡的屋桥那“浓浓的情、深深的爱。”

作者在文章的开篇便对屋桥的地理环境及屋桥的形成和特色作了简要但又全面的介绍，寥寥几笔，就把事物说明得井井有条，清晰明了。

屋桥，本身就因其特殊的身份及实用的功能而充满了迷离朦胧的美。作者凭着一支生花妙笔，更是将故乡的屋桥描绘得绚丽迷人。作者首先回忆了自己儿时常过的几座桥，以及“我”小时在桥上度过的美好时光。接着以梦境写实境，借梦来回忆，写了春、夏、秋、冬四季中屋桥上的美景。

文章所表达出的感情是很浓郁的。作者在平静的叙述中，在惟美的描述中，在直抒胸臆的感叹中，尽情抒发了自己对家乡屋桥的情与爱。

> 我就是从那条小路起步,走自己的路的。

故乡的那条小路

◆文/董　烈

多年来,我没有忘记的便是我的故乡,尤其是故居门前的那条小路,它是弯弯曲曲的,像一条游动的蛇,爬上了山冈。

我常常坐在门前,望着那条小路,它是否伸向了天的那边?天的那边该是怎样的世界?那个世界一定是很美很美的吧?遐想总归是我童年的梦。那条小路是从什么时候有的呢?我曾问过祖父。他说那条弯曲的小路是在挖苦菜的岁月中踩出来的,路边的草也是苦涩的。

当春在冰雪中艰难地走来时,风吹红了祖父的面颊。我看他有时也痴痴地望着小路的尽头,有时还跪在村西头的小庙前祷告喃喃地不知说些什么。那被风吹得红肿的双眼仿佛在滴血。他带着我走上了那条弯曲的小路到田里,于是,我跟在祖父的背后,点种,撒粪……我看到祖父弓着腰,低着头,有时也抬起头向更远的地方望一下。犁绳扣在肩上,拉着一家人饥饿的生命。

我记得骄阳像火点燃了田里的红高粱,纱帐褪去了它那青色。祖父呆呆地望着那片红高粱,仿佛那就是他的惟一希望。一天,我终于看到父辈沿着那条小路去找寻人生的路。秋风中摇曳一朵金色的菊花……

几十年过去了，伴着布谷鸟的啼鸣我回到了故乡，踏进了故乡的村口，我的步履戛然而止。那祈求神灵保佑的一代人连同那座小庙都不见了，时间的长河把他们送走了，留下的只有我那苦涩的记忆。

啊，我就是从那条小路起步，走自己的路的。

找寻人生的路

◇赏析/冯　磊

“世上本没有路，走的人多了，也便成了路。”作者通过回忆故乡的那条小路，抒发了思乡之情，再现了寻找人生的过程。

在那穷苦的小山村，在那苦涩的岁月里，祖父艰难地“拉着一家人饥饿的生命”。他不辞劳累地“点种”、“撒粪”，却也仿佛只能把惟一的希望寄托在那片红高粱上。在挖苦苦菜的岁月中踩出来一条弯弯曲曲的小路。时常“痴痴地望着小路的尽头”，祖父时常“祷告”，也许会想“这条路是否伸向了天的那边？天的那边是怎样的世界？那个世界一定是很美很美的吧？”这条小路给祖父带来了希望，也给全村人带来了希望。终于，我看到“父辈沿着那条小路去找寻人生的路”。而我也是“从那条小路起步，走自己的路的。”

人生永远在寻找，没有人会指给你前方的路（即使有人指给你路，那路也不一定适合你走）。登上人生高峰的路是艰险的。一路走来，我们会碰到困难与障碍，会经受挫折与失败，不过，我们有对生活的渴望，有对人生的向往，还有美好的理想。只有时刻在前进中寻找，向自己的人生理想冲锋，才会有能力让生命显现辉煌。

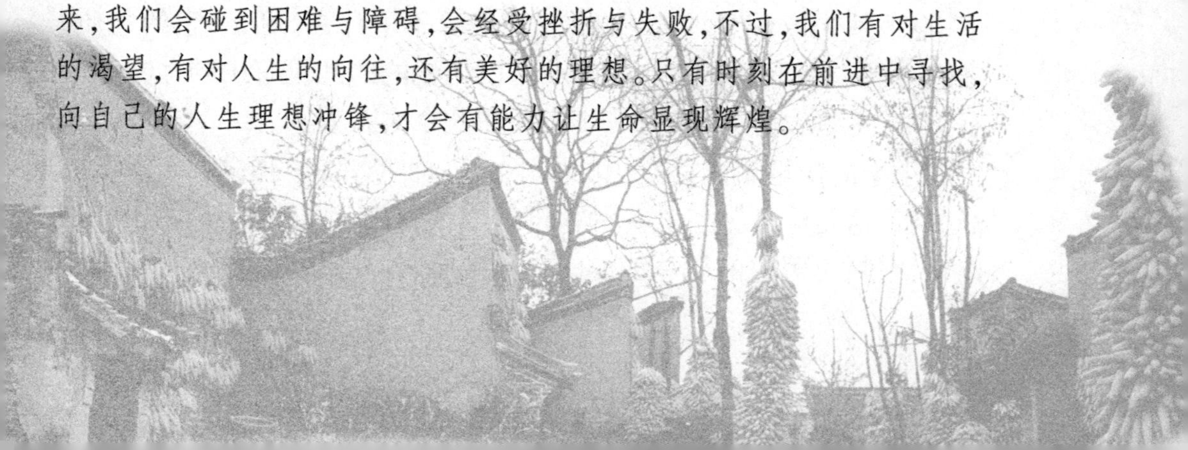

山坡已够平凡，何况它还只是那么小小的一片；岸堤也够平凡，何况它也是短短的那么一段。

山坡与岸堤

◆文/(台湾)张腾蛟

在我的生活内容中，那片小小的山坡和那段短短的岸堤，是占有相当地位的。山坡已够平凡，何况它还只是那么小小的一片；岸堤也够平凡，何况它也是短短的那么一段。

我的这双眼睛，不知道曾经看过多少山坡，也不知道曾经看过多少岸堤。说山坡，从大庾岭到泰山，从阿里山到雪山，谁晓得有多少个大大小小的山坡；说岸堤，从扬子江到黄河，从淡水河到大甲溪，谁知道有多少段长长短短的岸堤。可是，在我的印象中，有哪里的山坡能够比得上我眼前的这一片？有哪里的岸堤能够比得上我脚踩的这一段？

我把这块山坡称之为小小的一片，是因为它的面积的确是太小了，在这块山岭绵亘的原野中，它真是算不了什么，可是，它的气质，它的容貌，都是远非其他的山坡可以相比的。凡是有山的地方都会有山坡，可是，却没有任何一块山坡如此令人喜爱。

小小的山坡就坐落在山的脚下，以一种略带倾斜的坡度，坦然地舒展着。这是一个丛生着各种树棵的山林，只有这一片小小的山坡是例外，它是用茵茵的绿草铺成的。一看起来就会让你奇怪，为什么整座山上长满了树木，偏偏只有这一块山坡是例外呢？山林中的杂木们都在那里密密地拥挤着，为什么它们不到这片小小山坡上来争夺一点点土地呢？那些青绿的草们，个子都一般高矮，看上去简直会使人想到高尔夫球场的身上来。

我是常常会一个人到这里来的，因为这片小小的山坡用它的坡度斜映了一个大千世界。当我在草地上蹲坐下来以后，一张美好的画面就展现在眼前：正面是青翠的葫芦山，山的脚下有一条溪流自那里走过，一些小船，一些鸭群，经常为这条小溪装饰风景。极目左右，便是一片嫩绿的田野，那里面装满了农人们的智慧和血汗。所有的庄稼虽然还是青青绿绿的，但是看上去就会使人立刻想到打谷机，丰满的米仓，以及金黄的成熟季。

有时候我会用手去抚弄一下身边的绿草，可能会惊起几只蚱蜢，可惜的是，它们和我家乡的蚱蜢不是属于一个类族，要不，我便可以从它们的身上窥到一点点我童年的影子。

我把这段岸堤称之为短短的一段，是因为它的确是太短了，短得只有十几公尺的样子。这么短的岸堤，是只能让我蹲坐而无法让我行的。可是，我是极为喜欢它的。

这段岸堤是为了护卫一个小小的池塘而存在的。难得的是在这段岸堤上竟然有几棵漂亮的垂柳。在这个地方，垂柳是不常看到的，像岸堤上的这几棵这样青壮这样繁茂的，更是少见。

柳树的枝干并不怎么粗大，但是它却容得下那么多细细长长的柳条在上面牵曳。看到倒垂的柳条弯着身子去探触平静的水面，就会想到唐朝还是宋朝一位画家那美丽的画幅。

在岸堤的护卫下，池塘的容貌看上去是非常健康的，虽然，这里的水并没有一个潺潺不绝的源头，但是，它是终年不涸的。

我也像喜爱那片山坡那样，喜爱这段岸堤。有时候会在浓浓的柳阴下度过一夏天的下午。除了喜爱这里的柳树以外，当然也喜欢吊在柳树上的那串串蝉声，这里的蝉们就像那软软的柳条那样文雅，它们只有柔柔的轻鸣，不会作烦人的尖叫。

对于柳树，我是有着特别爱好的，也是有着特别印象的。记得在故乡的三月里，我最初发现春的踪迹时，就是在庄前岸堤上的那些柳枝上。小小的芽儿，静悄悄地自细长的柳条上钻出来，嫩嫩的、黄黄的，像极了刚出蛋壳的小雏鸡的嘴儿，我常想，春天大概就是被这些小嘴儿衔了来的。

绵长的乡思

◇赏析/黄 艳

一片小小的山坡，一段短短的岸堤，在乡村是多么平凡的。然而，当作者把浓浓的乡情都附着在这小小的山坡，短短的岸堤上时，这平淡无奇的事物就变得不太平凡了。

作者的一双眼睛，不知看过多少山坡，也不知看过多么岸堤。可是，那些恢弘与巨大，都远不及他脚下踩的这一片山坡，这一段岸堤。作者为什么对此情有独钟呢？他钟爱这小小的山坡是因为山坡的气质，容貌具有独特的风格，没有一块山坡会如此惹人喜爱。特别是当他惊起的几只蚱蜢，这虽不是家乡的同一类族，却映出了一点点作者童年的影子。在这里，终于显现出了作者热爱这山坡的奥秘：这里牵动着作者浓浓的乡思之情。

还有那段短短的岸堤。岸堤护卫着小小的池塘，岸堤上有几株漂亮的垂柳，串串蝉声吊在垂柳上，这一切是如此和谐、美好、静谧、自然牵动了作者的乡思。

其实，作者咏叹的岂止是一段岸堤，一片山坡？他追忆的是童年的影子，咀嚼的是纯真的乡情，而我们在作者的追忆和咀嚼中领悟到了绵绵的情丝和充满生机的自然。

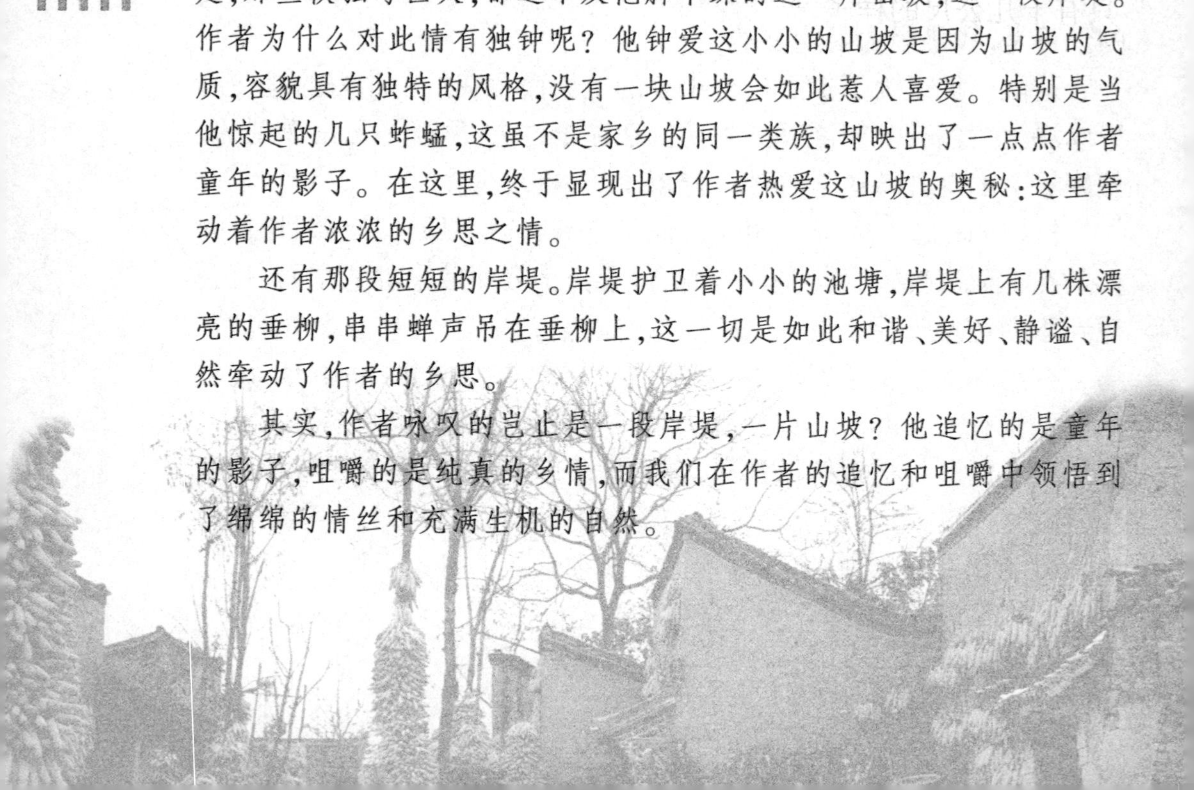

故乡日月故乡雨

年轻时，谁不是志在四方地急于奔波，直到有一天这粗壮的身躯突然如呆木头似的不能随意转侧了，才蓦然发现故乡已是千里外的梦想。于是，故乡的雨，故乡的云，故乡的日升月落，都成了思乡的蛊惑。

"唉,天可真凉了——"(这"了"字念得很高,拖得很长。)

"可不是么?一层秋雨一层凉啊!"

故都的秋

◆文/郁达夫

秋天,无论在什么地方的秋天,总是好的;可是啊,北国的秋,却特别地来得清,来得静,来得悲凉。我的不远千里,要从杭州赶上青岛,更要从青岛赶上北平来的理由,也不过想饱尝一尝这"秋",这故都的秋味。

江南,秋当然也是有的;但草木凋得慢,空气来得润,天的颜色显得淡,并且又时常多雨而少风;一个人夹在苏州上海杭州,或厦门香港广州的市民中间。混混沌沌地过去,只能感到一点点清凉,秋的味,秋的色,秋的意境与姿态,总看不饱,尝不透。赏玩不到十足。秋并不是名花,也并不是美酒,那是一种半开、半醉的状态,在领略秋的过程上,江南是不合适的。

不逢北国之秋,已将近十余年了。在南方每年到了秋天,总要想起陶然亭的芦花,钓鱼台的柳影,西山的虫唱,玉泉的夜月,潭柘寺的钟声。在北平即使不出门去罢,就是在皇城人海之中,租人家一椽破屋来住着,早晨起来,泡一碗浓茶,向院子一坐,你也能看得到很高很

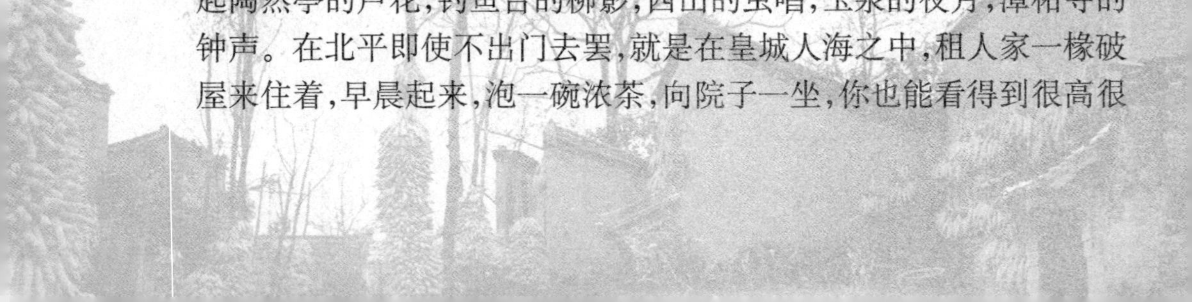

高的碧绿的天色，听得到青天下驯鸽的飞声。从槐树叶底，朝东细数一丝一丝漏下来的日光，或在破壁腰中，静对着像喇叭似的牵牛花(朝荣)的蓝朵，自然而然地也能够感觉到十分的秋意。说到了牵牛花，我以为以蓝色或白色者为佳，紫黑色次之，淡红色最下。最好，还要在牵牛花底，散长着几棵疏疏落落的尖细且长的秋草，使作陪衬。

北国的槐树，也是一种能使人联想起秋来的点缀。像花而又不是花的那一种落蕊，早晨起来，会铺得满地。脚踏上去，声音也没有，气味也没有，只能感出一点点极微细极柔软的触觉。扫街的在树影下一阵扫后，灰土上留下来的一条条扫帚的丝纹，看起来既觉得细腻，又觉得清闲，潜意识下并且还觉得有点儿落寞，古人所说的梧桐落一叶而天下知秋的遥想，大约也就在这些深沉的地方。

秋蝉的衰弱的残声，更是北国的特产；因为北平处处全长着树，屋子又低，所以无论在什么地方，都听得见它们的啼唱。在南方是非要上郊外或山上去才听得到的。这秋蝉的嘶叫，在北平可和蟋蟀耗子一样，简直像是家家户户都养在家里的家虫。

还有秋雨哩，在北方的秋雨，也似乎比南方的下得奇，下得有味，下得更象样。在灰沉沉的天底下，忽而来一阵凉风，便息列索落地下起雨来了。一层雨过，云渐渐地卷向了西去，天又青了，太阳又露出脸来了；著着很厚的青布单衣或夹袄的都市闲人，咬着烟管，在雨后的斜桥影里，上桥头树底下去一立，遇见熟人，便会用了缓慢悠闲的声调，微叹着互答着地说：

“唉，天可真凉了——”(这“了”字念得很高，拖得很长。)

“可不是么？一层秋雨一层凉啊！”

凸显特征秋味袭人

◇赏析/王书文

本身写秋，就使人感到一种清冷寂寥，更何况是“故都的秋”，这种秋的文化韵味就更浓了。郁达夫笔下故都的秋意更是袭人，耐人咀嚼。

一、凸显特征，总分结构

在文章第一段，先说“秋天无论在什么地方，总是好的”，一个“好”字，表明作者是用赞许的心态写秋的。接下来说“北国的秋，都特别的来得清，来得静，来得悲凉”。这“清”、“静”、“悲凉”，就是故国秋的总体特征。在第二段里，作者用江南及其他几个名城的秋作比，就已经凸现了故都的秋的特征，继而从三至八段，就分别从几个方面取景来描摹故都的秋了，结构层次也像秋景一样更简洁清朗了。

二、国画风格，唐诗韵味

在分说部分，作者依次写秋天的花、叶、蝉、雨。

第三段侧重写秋花的清雅。写色彩，作者“以为以蓝色为佳，紫黑色次之，淡红色最下”，看来冷色调才是秋的神韵，才合诗人品位。“淡红色”大约有点春秋不分了。又讲牵牛花要用“几棵疏疏落落尖细的秋草”陪衬，使人想到国画中寥寥几笔的勾勒，所以，扣住了首段中的“清”字。

第四段中写槐叶梧桐叶或其他秋叶“铺得满地”等文字，使人想到古人“秋风生渭水，落叶满长安”的诗句。第五段中写秋蝉的“残声”，又写北平人爱赏这种声音——即爱秋。

最后，作者说秋雨“下得奇，下得有味，下得更像样”，又描写凉风、灰云、闲人的微叹，这不是又扣住了开头“悲凉”二字么？作者貌似简淡写秋，写对北国之秋的欣赏，也透出对现实对人生的感慨。

大都市的豪华气派固然令人向往,但这恬淡宁静的山村图景又何尝不是一种美丽呢?

夜

◆文/佚　名

鹅唱鸡鸣犬吠牛哞,喧闹了一天的山村终于寂静了下来。夜幕在不知不觉中降临,袅袅的炊烟也在夜色中自然消散了。

山村进入了另一个世界，老汉坐在一盏昏暗的油灯下吧嗒吧嗒地吸着旱烟,中年妇女一针一线地缝补着衣服,年轻的母亲在轻轻地哼着山歌哄着小宝宝进入梦乡……

山村没有大都市的灯红酒绿,但山村自有山村的美丽和怡然。随着日出日落,锄禾的村民伴着哞哞的老牛悠然地走向村寨,他们的晚餐说不定比五星级宾馆的饭菜还香甜可口，他们的土炕说不定比席梦思更容易把你引入梦乡。

山村的夜幕虽然沉寂而简陋，但它正在悄悄地孕育着明天和希望。别小看东家剃小平头的二毛,那机灵的大眼睛里却闪亮着智慧的光芒,煤油灯下映照着一个刻苦用功的学生,那专注的读书神情让一旁的母亲是多么的开心与惬意,她心中一定在默默祈祷:儿子一定会考上大学。

山村的夜就像那山间的小溪在默默地流淌；山村的夜又如轻柔

的摇篮曲在星空飘荡。大都市的豪华气派固然令人向往，但这恬淡宁静的山村图景又何尝不是一种美丽呢？

山村之夜，极致之美

◇赏析/胡从登

在今天这个物欲横流的世界里，人们的心里那种原始的纯真似乎再也很难找回来了。但《夜》却让我们看到了实实在在的纯，一抹平平凡凡的真。

在山村之夜，老汉在吸旱烟，中年妇女在缝补衣服，年轻的母亲在轻轻哼着山歌哄宝宝入睡，这里告别了都市的喧嚣，人们可以心不设防，尽情享受这现实中的桃源生活。

山村之夜，虽没有朱红酒绿，却有树绿花红；虽没有车水马龙，却有日落老牛。在这里科技可能离我们很远，但舒适的生活环境却离我们很近。

山村的夜，沉寂而简陋，但却充满着希望。山里的孩子那么的机灵，那么的好学，那么的勤奋，恐怕不久的将来，山窝里就要飞出金凤凰了！

这恬淡宁静的山村之夜，实在太美了！你看见了吗？其实最美的还是那朴实、勤劳、孕育生机的山里人。

我于是喜欢在雨中酣然入梦乡，那是多么惬意的事儿呵，童话里的十音钟，守护神的足音，美妙的天籁！不，是慈祥、温和的母亲唱着催眠曲。

故 乡 雨

◆文/郭宏启

多少次梦见故乡的雨！什么样的雨呵？灰濛濛，牛毛般似有若无！串串珍珠跌落在肥大的芭蕉叶上！如倒提着水桶，没头没脑冲了下来！让台风裹带着，呼喊咆哮，吓哭了吃奶的婴儿！……呵，朦胧中说不清楚。

小时候，最爱看下雨。眼瞅着热毒毒的天，忽然一阵风起，飘来如铅的黑云。人们奔走着喊道："快落雨了！"晒谷的赶紧搬出箩筐；摆摊的马上躲进骑楼。我们乱跑着，让大人推来搡去，又骂着"绊手绊脚"，还觉着有趣得很。雨点打在发烫的路面，不知冒尘土还是冒白烟，带一股辣鼻子的"地气"。不一会儿，淌着浅浅的河流，大颗的雨点撞出水面，炸开了，却似朵朵盛开的玉兰——倘若世上真有那样一种透明的玉兰，转瞬之间，开了又谢了，谢了又开了。看看街上，一个行人也没有了，只有路两边窄窄的阳沟里奔腾着流水，那流水喊着唱着，何等欢快！妈妈说过的，海龙王发怒了，雷公电母摇着星旗……。我想，小沟的流水一定是小喽啰，跟着雷公电婆呐喊助威的。我在骑楼下看得入神。

二姐从屋里走了出来(她比我大十三岁,听大人说,出落成漂亮姑娘)对我说:“小弟,我说个谜语给你猜:千条线,万条线,下到河里看不见。”嘿,她还以为我没猜过呢!头一次我就猜着。我得意地说:“谁不知道,下雨呗!”二姐并不沮丧,拉着我的手:“你看!”真的,多么奇妙的景象:雨丝忽闪忽闪,真如“千条线,万条线”,不,简直是千根银丝,万缕白线!我真喜欢这凉丝丝的丝线世界!

可惜,雨渐渐小了。不过,雨的神采并未消减。此时,它让人品味出一种韵律,这韵律生动而诱人。屋檐下淅淅沥沥,点点滴滴。听,丁冬,铮琮,玲珑……有如童话里的十音钟,在漆黑的夜里,这是守护神的足音吧?乖乖,他轻轻地走过来,又缓缓地走开去。我于是喜欢在雨中酣然入梦乡,那是多么惬意的事儿呵,童话里的十音钟,守护神的足音,美妙的天籁!不,是慈祥、温和的母亲唱着催眠曲。呵,童年时代无限美好的辰光!

用童真的眼看雨

◇赏析/李 霖

《故乡雨》借思雨写出了对故乡亲人的思念，道出了对童年生活深情的怀念。

作者写的是南方夏日里的暴雨，他用凝练的笔墨反反复复地从各个角度去写雨。从雨来之初写到雨大、雨去，从禾场上奔跑写到在骑楼下看雨，听二姐说雨，直到听着雨声酣然入梦。

无论是自己看雨、妈妈看雨、二姐看雨，作者始终站在一个儿童的立场，用童年纯真的心来写雨，字里行间充盈着童真童趣。用“我”的童眼来看，作者把大人们暴雨来临时的慌乱与儿童的顽皮进行了对比，生动地写出了儿童的天真无邪。看雨打地面时“似朵朵盛开的玉兰”，雨水流走“喊着唱着”刻画出儿童快乐的心情。妈妈的童话故事增添了暴雨的神秘色彩，勾勒出了一幅亲子图。二姐的谜语，让暴雨变得奇妙而有情趣。虽然三个不同年龄的人，心态不一样，看雨的情味各有不同，但童心都是一样的。

另外，作者的笔致活泼多变，如开头写梦见故乡雨，用了五个感叹句，一个问句，一个陈述句，仿佛是南方的雨倏然而致，惊雷闪电。写雨时和二姐的对话，使文章的节奏变慢，写法上也有了变化，说明喜雨之情，不仅自己有，别人也有。结尾雨悄然而去，留下丁冬、琤琮、玲珑的余韵，似母亲唱着催眠曲，点明题旨。

雷声告诉我们，无论我们在世界什么地方，我们总是心心相连的一家。

故乡的雷雨声

◆文/[美]鲍勃·莫尔德

对于密西西比州的布兰登这地方来说，五月份就热成这样是不正常的。星期天上午，妻子帕特和我坐在我们平屋顶上喝咖啡，慢啜细品。南边地平线上，雷雨云很快聚成崇山峻岭似的云团。空中一丝风儿也没有，潮气很浓，手掌心都可以搓出水来。

喝完第二杯咖啡的时候，天色已经暗下来。闪电狂舞着划过地平线，雷声隆隆，遥远而低沉。不久，第一阵大雨扑来，把我们赶回屋里，恰逢电话响了。帕特拿起话筒，在这阴郁的天气里，她的脸上露出了绝无仅有的欣喜。

打来电话的是我们的儿子戴维，军用直升机飞行员。三个月前他自立谋生了，被派往韩国，执行任务一年，驻扎在非军事区附近。

戴维故意说得很高兴，反而使人们更清楚地感觉到了他的真实心境。二战期间，我作为一名士兵，把漫长的时间打发在南太平洋的一个孤岛上，实在知道严重的思乡病有什么样的症状。

渐渐，交谈像良药一样提高了我们的情绪，接着，电话机旁的窗外响起了一声霹雳。

“什么声音？”戴维问，“炸弹吗？”

“没什么，打雷。”帕特说，“这里下雨都一个星期了。”

沉默。

“戴维，”我问，“你走了吗？”

“我在想妈妈说的话——‘没什么，打雷’，可你们知道吗？我现在最想念的什么，许多的士兵说他们所失去的是什么，是故乡的雷声。我们这里下雨下雪刮风，可从来不打雷。”

“爸，记得我小时候吗？”他接着说，“我们俩是怎样躺在地板上聆听雷鸣的？为了我不害怕，你是怎样谈笑风生的？”

“记得。”我说，努力克制自己，不让喉咙发哽。

“现在能和你一起听一听雷声就好了。”他轻轻地说。

刚刚打完电话，我就拿上我的磁带录音机，高尔夫大伞和一把木椅。“我去给儿子录下一些雷声。”我对帕特说。

“鲍勃，邻居们会说你疯了。”

“戴维不会。”我说，走了出去。

电光闪闪划过天空，如同焰火大表演，我坐在暴雨中的大伞下，录下了半小时密西西比最好的雷声，孤独的士兵永远也听不厌。第二天，我把磁带邮寄给戴维，简书：“特别礼物”。

三星期后戴维又打电话来。这一次他已经心平气和。“爸，”他说，“你肯定想像不到我昨天晚上都干了些什么。我邀请朋友们到我房里举行了一次雷声晚会。听录音的时候，大家的反应都一样。开始是寂静，随后是一阵悲哀叹息，以为是令人厌恶的战争之声。可当大家知道这是故乡的声音时，心情立即好转，我们如释重负，晚会变得非常愉快，真不知怎么说，这磁带对我来说意味着什么。”他还说，“现在我安心了。谢谢你，爸！这礼物真的不落俗套，乡音解乡愁呵。”

帕特也获得一种特别的回报。戴维在朝鲜的余下来的八个月里，我们发现自己竟在渴望着暴雨。再也不因把它们当作倒霉的天气而感到压抑愁闷了，我们开始对暴风雨另眼相待。每一阵隆隆的雷声，都缩短了我们与远离家门的儿子之间的距离。

哪怕雷声响在明尼苏达，如今戴维当战斗机教练员的地方，它仍然是天赐神授。雷声告诉我们，无论我们在世界什么地方，我们总是心心相连的一家。

别出心裁的礼物

◇赏析/李 霖

当思乡成为一种心病的时候就需要特殊的药来医治。在《故乡的雷雨声》一文中，人们熟悉的雷雨治好了一群渴慕返乡的士兵的怀乡愁绪。

生活中许许多多看似平凡简单的事物，在特定的时刻，会表现出深刻的含义。透过简单平凡的事物，我们能发掘出意想不到的生活的美。

美国密西西比州布兰登的夏天，“雷雨声”是那么简单平常，但在远离家乡的战场，却变成了一种感情的寄托，它在士兵们心目中，代表着思念的家乡，也代表着家乡的那份温情。文中正是通过“雷雨声”，表现出了渴慕返乡的士兵的乡愁，表现出了两代人的沟通与理解。老父亲不顾忌邻人的说笑，毅然拿了伞，给远在他乡过着枯燥士兵生活的儿子录了一份“特别礼物”，于是“雷雨声”在象征“家乡”的层面上，又包含了一层真挚的亲情。

我如果有架照相机，定要把那起伏的山峰，金黄的稻田，西瓜地里丰收的景象和那引颈高歌的大水牛一一拍摄下来，让这永远留存在我的影集里。

我爱乡村的傍晚

◆文/佚 名

六月里的一天，我回到阔别已久的山村故乡。上午，一场大雨把乡村的山川原野冲洗得一尘不染。傍晚，我独自沿着田间小路，来到小时候常跟大姐一起去放牛的小山冈。我美美地吸着田野里清新的空气，我尽情地欣赏着乡村恬静美丽的晚景！

眺望远处，啊，视线尽头多像一幅画：柔和的夕阳，绚丽的晚霞，横卧在不远的天边的群山，倚山而建的一簇簇的村落，一家家房顶上升起的袅袅的炊烟……奶奶还在世时说过：一层山水一层人。我望着群山遐想：大山背后又是一层怎样的山水？怎样的人？这里看不到城市的车水马龙，听不到城市的各种音响喧闹，但却充满神秘。

近处，是一片金黄的稻田。一阵晚风吹来，稻苗一起一伏的，使我仿佛置身于一个金色的海洋之中。稻田的边缘是一排排的丝瓜架，瓜蔓儿上开满了一朵朵金黄的花。辛勤的小蜜蜂正“嗡嗡”地一边唱歌，一边采蜜。丝瓜棚旁边那块碧绿的西瓜地上，虽然没有蜜蜂的歌，却有着丰收的喜悦。瞧，一个个大西瓜像一个个胖娃娃似的，躺在瓜蔓母亲的臂膀里，夕阳的余晖轻轻地爱抚着它们，催它们入睡。

在我身边的山坡上，则是另一番景象。三五只水牛正在草地上悠闲地啃着草，不时还抬起头来，面对充满诗情画意的乡村晚景，“呜呜”地长叫几声抒发自己快乐的情怀和感受，那低沉浑厚的余音在宽阔的田野回旋，使人听了兴奋。

乡村的傍晚多美呀！我如果有架照相机，定要把那起伏的山峰，金黄的稻田，西瓜地里丰收的景象和那引颈高歌的大水牛一一拍摄下来，让这永远留存在我的影集里。我多么喜欢乡村这迷人的傍晚，我多么喜爱这乡村恬静的生活！

一幅美丽的乡村晚景图

◇赏析/邹成平

当我们品读这篇美文，就如同在一幅美丽图画中畅游，这里的山，这里的水，这里的人，无不散发着温馨的气息，这里的一草一木，这里的一丝一缕，无不牵动着你对美的情思。

首先，文中搭配和谐的色彩构建了这幅图画美的框架。这里有稻田的金黄，有大山的青绿，有飞奔的白云……象征着丰收而富有的金黄是这幅图画的底色，而镶嵌其中的各种色彩却透露着它无尽的柔美，望着它，你怎能不神清气爽，灵思飞扬呢？

其次，动静的结合凸现了这幅图画美的层次。看那蜜蜂的飞舞，听那水牛的欢叫，你会觉得这幅图画也如你雀跃的心在颤动，当你回过神来，注视到眼前的山水与花朵，觉察到小草与稻苗的存在，你又会在心底细细咀嚼甜蜜和幸福，当夕阳给这些静止和运动的景物都蒙上一层神秘的面纱时，你还能说这幅图画的层次不够美吗？

最后，景中融情的文字如一个个喜悦的音符奏响了这幅图画感情的基调。当作者一踏上山村的土地，呼吸到田野里清新的空气，不用欣赏那恬静美丽的晚景，便早已陶醉其中了。作者的激动与喜悦之情更增添了这幅图画的诗情画意，壮哉！美哉！

此时此刻，面对如此一幅乡村晚景图，你心醉了吗？

夕阳已经停留在远山的坳口间，向大地放射着它此时特有的光辉，殷红的阳光中微微带着点桔黄色。

家乡的日落

◆文/邓利波

傍晚时分，我信步登上楼顶去观日落。

夕阳已经停留在远山的坳口间，向大地放射着它此时特有的光辉，殷红的阳光中微微带着点桔黄色。

远山山脊镶上了一道金边，与黑黝黝的山岩辉映着，仿佛成了一张剪纸，一张出自能工巧匠之手的漂亮剪纸。“这是夕阳送给我们的最好的礼物！”我高兴地叫着。

日落的霞光在变幻着色彩，天空中的云也在变幻着姿态，真是美不胜收啊！云朵初看像一只仪态娴雅的仙鹤，待一会儿，就变成浑身披着油亮羽毛的雄鸡；一堆堆白云刚才还像一群群的羊，再凝视又像是矫健的运动员的身姿，周围是涌动的观众，还有舞动的彩旗哩！仿佛是一幅写意画，实在生动极了。

太阳有点不情愿地往下滑，不一会儿就消失在山场间，紧接着云霞也渐渐地消失了。天空忽然间显得高而远了。

山的金边在迅速地褪色。一会儿就脱去了那件镶着彩边的衣裳，天空也变成了淡蓝色。

天空灰蓝灰蓝,幽幽的显得神秘,太阳、霞光也在我的视线中消失,而西方的天空仍抹着一层太阳光的余晖。

我目不转睛地盯着远山场口,沉浸在日落那迷人的景色所引起的遐想之中……

家乡的日落好迷人啰!

文中有画画中寓情

◇赏析/邹成平

当我读完《家乡的日落》,思维却飘出了文字之外好远好远,那夕阳特有的光辉,那姿态万千的云朵,那份闲情,那份逸致,真让人回味无穷,流连忘返。

首先看看文中有画的日落美。各种颜色的搭配构成了图画的色彩美:殷红的阳光中微微带着点橘黄色;黑黝黝的山岩镶上金边,一堆堆白云变幻着姿态;当山的金边褪色,天空也变成了淡蓝色……绚丽多彩的大自然,在日落时分竟显得那样的美丽!作者还用各种修辞细腻生动地描绘着这幅图画的美:作者用"一张出自能工巧匠之手的漂亮剪纸"书写落日下远山的美丽,又用"仙鹤"、"雄鸡"、"羊"形容云朵各式各样的姿态;还用"镶着彩边的衣裳"来比喻山韵的飘逸……这些形象逼真的喻体,把变幻无穷的日落情景描绘得让人如此着迷,美不胜收!

再来品味一下文中画中寓情的写意手法。我们可以想像,无论是谁处在这样的仙境之中,都肯定神清气爽,愉悦至极,那么作者是如何来表现的呢?一方面作者竭尽所能的给读者展现日落的美丽,在夕阳余晖映照下的各种景物,怎能不令人心情激动,神彩飞扬呢!一切的赞美之情自在不言中,哪还用得上各种说词?作者的喜悦与赞美早已寓在了画面的描绘之中。另一方面,作者在对各种美景的描绘之后，水到渠成，自然流露了自己的情感：家乡的日落好迷人啰，是啊，在我们看了之后，又有谁情能自禁，忍而不发呢？

好一幅美丽的家乡日落图！

家乡可爱，日落迷人

◇赏析/胡从登

一篇文质兼美的写景抒情散文，作品以时间为经线，景物的变化为纬线，对家乡的日落时分的夕阳、远山、霞光及云朵生动传神的描摹，流露出作者热爱家乡、憧憬美好未来的思想情怀。

作者像一位摄影大师，把他们捕捉到的精彩瞬间一一展现在我们面前，或流光溢彩，色彩斑斓；或惟妙惟肖，栩栩如生。殷红中微带橘黄的是夕阳的光辉，由淡蓝到灰黄是天空色彩的变化，还有黑黝黝的山岩，镶上金边的山脊。霞光中的云朵初看像仙鹤，待会像雄鸡；刚才像羊群，再视如运动员；还有周围的观众，舞动着彩旗。这一切除了作者具有很强的观察力外，同时作者还具有丰富的想像力。

文章结尾两段“我目不转睛地盯着远山坳口，沉浸在日落那迷人的景色所引起的遐想之中……”作者是被眼前的美景所陶醉，还是憧憬着美丽灿烂的美好未来？给读者留下了更广阔的想像空间。“家乡的日落好迷人哟”一句，既点题，又揭示了全文主旨，读者与作者心中自然而然地产生了一种热爱家乡的迷人日落的共鸣。

村里，已是万家灯火阑珊，想到妈妈一定做好了饭菜在等我归来，便加快了脚步……

塘河的晚秋

◆文/西　羽

过去了两年的时光，我终于又一次回到了塘河。时值深秋，她昔日绰约的风姿呈现一片冷寂，可仍有一种独特的韵味令人咀嚼。

塘河的秋、冬两季一般是干涸的，而今年，许是雨水太大了，河里竟有清亮的河水流淌。细细的碎石、沙土在河底映着深秋殷红的阳光，闪烁着不同色彩的晶莹、圆润的鳞波——偶有小小的鱼儿顽皮地穿越那层层的波纹，一有响动，便倏地而逝，钻进水草深处；也有的鱼儿，将小小的身子紧贴在河底的沙床上，一动不动，如果你不细细地分辨，肯定不会发现那与沙、与水几乎同色的精灵般的鱼儿。

放眼远处的风景，那是一条波动的线。巍巍太行像一个忠实卫士，守护着这边的土地，它巍然耸立，展示着宏伟而雄壮的大山的情怀。与它连在一起的，是塘河两岸那沉默的防风林，如果是夏季，它便招展着郁郁葱葱的风姿，像两条绿色的绸带，随着塘河的延展，舞动着美丽的充满生机的色彩。而现在，晚秋的风凋落了那一袭绿色的纱衣，那光秃秃的枝条，在冷风中摆动，伴着脚下的黄沙，像一个失宠的贵妃，一下子枯了风华，瘦了容颜，只把那一份凄凉展示给世人……

我怔怔地想着，一不小心，便陷入了水边那松软的、充满水渍的泥沙里。看看已沾满泥水的鞋和湿淋淋的半截裤管，我哭笑不得，真的有些不知所措了。忽然我想起了小时候和小伙伴们一起玩水的情景，索性脱掉鞋袜、挽起裤腿，跳到水里摸鱼。塘河的性情我是知道的，虽然深秋的凄冷已侵占了这片土地，可塘河的水却是热的，脚浸在那清清的河水里，有一种惬意的温馨包容着我的身心，情怀立即被一种亲切、温暖的感觉涨得满满的，像一个历经艰辛的孩子，终于又感受到了母亲的呵护……啊，塘河，是你孕育我长大的！

秋天的黄昏来得特别快，而黄昏赋予塘河的风景也是无限美丽的。夕阳的余光斜照在水面上，那水面便映照出红、黄、绿几种不同的颜色，真可谓“半江瑟瑟半江红”，而河畔那两条林带，也像是经过画家着色似的，涂抹上了一层金色的余晖，在傍晚的霞光中，塘河像一条镶着金边的彩带，带着秋的成熟，融着人们的希望流向远方……

踏上回村的路，已是月上枝头，皎洁的月光为塘河两岸笼上了朦胧的轻纱。村里，已是万家灯火阑珊，想到妈妈一定做好了饭菜在等我归来，便加快了脚步……

塘河美景充满韵味

◇赏析/冉彩虹

这篇散文写了从白天到晚上塘河的不同景色，而角度也是富有变化的，由近到远，又及近，全方位地描写了塘河的景色。

近观塘河时，鱼儿是主角，你瞧作者的描述，“偶有小小的鱼儿顽皮地穿越那层层的波纹，一有响动，便倏地而逝，钻进水草深处；也有的鱼儿，将小小的身子紧贴在河底的沙床上，一动不动，如果你不细细地分辨，肯定不会发现那与沙、与水几乎同色的精灵般的鱼儿。”作者的一枝妙笔将鱼儿真是写活了，鱼儿的灵性跃然纸上。

然后作者的笔触由近及远，描绘了塘河周围美不胜收的环境。“放眼远处的风景，那是一条波动的线。巍巍太行像一个忠实卫士，守护着这边的土地，它巍然耸立，展示着宏伟而雄壮的大山的情怀。”

接着作者由不慎陷入泥沙又想起了塘河给自己带来的快乐的童年时光，“索性脱掉鞋袜、挽起裤腿，跳到水里摸鱼”，于是，“我”觉得“有一种惬意的温馨包容着我的身心，情怀立即被一种亲切、温暖的感觉涨得满满的，像一个历经艰辛的孩子，终于又感受到了母亲的呵护……”最后作者又重着描写了黄昏赋予塘河的无限美丽的风景，“河畔那两条林带，也像是经过画家着色似的，涂抹上了一层金色的余晖，在傍晚的霞光中，塘河像一条镶着金边的彩带，带着秋的成熟，融着人们的希望流向远方……”这真像一幅活生生的画面，让人看到了塘河的美丽、塘河的韵味……

小镇在走向远方，走向新的日子。

小　镇

◆文/佚　名

小镇很小。

小镇是我的故乡。

小镇坐落在小山下，山下有两条小小的河。河床窄窄的，河流清清的，一年四季，始终如一流向远方。

小小的河，水清藻茂。这藻儿是春夏鱼儿软软的卵床。水藻间还生着菱角草。那绽开的小花朵，笑盈盈的，多么像散落的阳光碎片。春来时，小小的河里，银鱼飞窜，像玉梭织着银色的弧，好看极了。夏天，秋天，冬天，小小的河里也未曾平静过，终年有三几条小小的打鱼船，树叶般地飘摇在水面上，网着鱼苗苗，打捞着心愿，打捞着希望。

小小的河，河美水美鱼更美。小镇虽小，却因小小河里的肥鱼胖虾而让人刮目相看。凡来过小镇的人，无不为小镇的鲜鱼鲜虾的美味而倾倒。他们即或要离去了，也少不了捎走些许，悄悄地带去小镇的风情、风采和风味。

小镇很小。

小镇是我的故乡。

镇西头小小的河面上，横一座独孔石拱桥。桥头有棵伞状的黄桷树，枝蔓覆盖，掩映三几家屋宇。夏季炎炎的暑夜来临，小镇的人们都要涌至桥头，在浓浓的树阴下，消暑热，或听老人们摆“龙门阵”，吹牛谈天，老少皆乐，男女皆乐。

镇东头小小的河面上，却铺一座石平桥。几孔桥洞，梳理着清清的流水，梳理着绿头发般的河苔。石平桥头也有一棵黄桷树，比镇西石拱桥的那棵粗壮些，足有三个合抱，叶墨绿绿的，皮鲜活活的。这棵黄桷树每天最先迎接朝霞，也是最后送别夕阳的。

小镇很小。

小镇是我的故乡。

小镇的老街，有窄窄的几条，切割着平野的河滩地。小镇躺卧在冲积而成的扇形半岛上。镇后的河滩地上，长着壮壮的桑树，长着丛丛的芭茅林，长着盘盘的慈竹林。小镇依山傍水，有绿云环绕，终年秀色常新常青。

近几年来，小镇发生了巨大的变化。老街对面又修起一条新街，一色的青砖墙的小楼房。街心宽宽的，两旁留有绿带，种有花草。小镇的人家也有了新的变化。在这些“居民”队伍里，不再只是老街的“移民”们，有不少是进镇办商店或办食店或办旅店的老街外的乡亲。小镇不仅有了影剧院，录像厅也有七八家。真是城里有的小镇也不缺少了。

小镇很小。

小镇在走向远方，走向新的日子。

谈谈小镇的“小”

◇赏析/邹成平

留在我们记忆深处的那些美好的事物，不是因为它们具有华丽的色彩和吓人的气派，倒是那内在的气质，那蕴含的古朴让我们记住了它们，永远难以忘怀。

作者故乡的小镇正是如此，它没有名胜的风景，没有迷人的斑斓，更没有什么丰功伟绩，让它名扬四海，可它能让每一个熟悉它的人流连忘返，刻骨铭心，仅仅是因为它那么古朴，那么“小”。

小镇小在它那特有的地域。作者的故乡小镇，坐落在小山下，山下有两条小小的河，连河的河床也小得窄窄的，可它毕竟依山傍水，人杰地灵。它耐不住大山的巍峨，高大的山啊，会挡住它内含的灵气；它受不了大河的汹涌，那些惊涛骇浪啊，会夺走小镇人乐于享受的宁静和温馨，就因为山小河小，才能把小镇的古朴淡雅点缀得更加迷人。

小镇小在它景物的秀美。笑盈盈的是那小花朵在开放，树叶般飘摇的是小小的渔船，在打捞着心愿，打捞着希望；小镇上还有小小的独孔石拱桥，有窄窄的几条街；小镇还小在它的声音没有那么喧闹，它的屋宇没有那么高耸……朴素无华的小镇，小在它的秀气，因为秀气方显那种真正的美丽。

小镇小在它风情十足。小镇上的人们，没有斤斤计较，勾心斗角的争斗，没有争名夺利的那份野心，他们只是在桥头浓浓的树阴下，静静地品味人生的那份安宁自在，天伦之乐！

作者用“小镇很小，小镇是我的故乡”结构全文，让我们品出了小镇的美，品出了作者那份喜爱之情。

我在小巷里出生，在小巷中长大，在小巷古风扑面的氛围里，感受小巷给予我的快乐。

小　　巷

◆文/周晓东

故乡小镇，是江南城镇结构的典型。小桥流水，小巷人家，小巷和流水使江南城镇有了无穷的回味。大街临河，运河内，船只往来穿梭，昼夜不息。大街是小镇商业的繁华地带，小贩摆摊的吆喝声，运输车辆的铃声，人们披红戴绿的嬉闹声，如丝如缕，不绝于耳。巷口临街，站在巷口，可以清晰地看见流动的人群，宛如一串流动的音符。步入巷内，刚才还是繁花似锦，转瞬便变得幽静超脱了。两旁粉白的墙面衬以黑瓦，斑斑驳驳，照影参差。高高的墙里探出一群倾斜的老树，虽不甚粗壮，却枝丫交错，苍劲多姿，覆盖了整个小巷。

“小楼一夜听春雨，深巷明朝卖杏花”，“深巷卖樱桃，雨余红更娇”，故乡的小巷里虽然没有卖杏花的，但叫卖人在巷口轻轻一喊，那脆亮的嗓音回荡在雨巷里，余韵悠长。我在小巷里出生，在小巷中长大，在小巷古风扑面的氛围里，感受小巷给予我的快乐。

独步巷内，不同的季节会有不同的感受。印象最深的当数夏日和秋日。夏日的傍晚，乘凉人络绎不绝，摆张凉椅，一边听大人有一搭没一搭地聊天，一边感受“嗖嗖”凉风从身旁掠过，心情便也像被梳理得很顺的长发那样流光溢彩。小巷似一根琴弦，弹奏着轻柔的小夜曲。秋日漫步小巷，双脚踩着“咯吱咯吱”作响的落叶，透过枝杈交错的老树，头顶是一线明净的蓝天，这样走着聊着，一颗心像碧澄澄的天空一样又高又远。小巷留给我童年的，不仅是会心的微笑，更是绵长的春色。

前段时间回乡，小巷内的旧屋大多已经不存在，街坊也早已变了样，惟有自家老屋那几扇乌黑的门还洞开着。在今天，我只能以回忆的方式来怀念先前的小巷。

小巷深处的记忆

◇赏析/冉彩虹

在每一个人的心灵深处，都有一个安静的角落，那里封存着关于故乡的点点滴滴，还有对故乡的美好记忆。

周晓东在他的作品《小巷》中就抒写了自己对于故乡小巷的记忆，抒发了自己对小巷的怀念之情。文章在行文流水似的笔调中缓缓道来，让人就像是在欣赏一幅水墨画，十分平静、十分真切，仿佛是身处那优美、沉寂的江南小镇。

作品在描写小巷时先写远景，从广处来描写小巷的整体面貌，让人对之有了一个整体的感知，领略到了“小巷和流水使江南城镇有了无穷的回味”。然后作者又从细处描写了不同季节小巷的不同美景，以及这不同季节的小巷带给人的不同感受，这详细的描写使得读者对小巷有了直观的感受。

看过文章，感受着那如诗如画的文字，不禁让我联想到《似水年华》中关于古镇的一些片断，那古朴的建筑、那幽雅的气氛、那惟美的画面，大概与这文字中的景致是相符的吧！

只是在我的感情里永远有一扇开着的小门，像一个简朴的画框，嵌着那天的阳光，那条市声喧喧的石条街，和一个“精灵儿”三十二年绵绵的眷念。

到石码去

◆文/舒 婷

世上大约没有人能记起他出生的那一天，人间以什么样的面目迎接他。可我虽然满月之后就离开石码，再也没有回去过，但那一天的情景却完整无损地留在我的记忆中，而且一年比一年丰富细致。

沿海一个小小的渔镇，螺号吹出一股一股沁凉的晨雾。爸爸出差去了。临时租借的住房又潮湿又空旷，除了粗砺的石条窗透过几缕光亮，再有就是那敞开着的小门，门前几级苔痕斑斑的石阶接上路面。可以看见几双穿木屐的大脚沉实有力地踩过，脚趾虎虎地张开，褐色的宽裤管带起腥味的风。鱼尾甩动的大箩筐辚辚地拖过条石街，到处是闪闪发亮的鳞片。

阳光渐渐炽热起来，石条街像一条流动的火河。临时请来帮忙的渔妇靠在门框上，被日午的倦意侵袭，渐渐打起盹来。

一支蜡烛在硕大无朋的圆桌上自得其乐。

妈妈的床缩在大房子的最深处，垂着蚊帐，像一艘落下帆的小船，泊在荒凉的海边，涛声时高时低。

外乡、独居，又怀着一个不安分的小生命。她好幻想又多愁的气质足够让她在阵痛的间歇中体味处境的寂寞和神秘。也许她想起外婆家她的清净卧室,风百无聊赖地翻动遗忘在钢琴上的乐谱,自鸣钟一下一下地测量着岑寂。枕边那一册《聊斋志异》犹夹着多少狐仙和鬼异的故事呀,在她们那一帮教会女生中,她时常拿这些故事吓吱吱叫的姑娘们,其实多半首先吓了她自己。

突然一阵风,凉凉的(妈妈一直这样强调,而且声明她决没有睡着),烛焰低抑,一个黑糊糊的影子隔着蚊帐撞往妈妈怀里。妈妈大惊,猛地撩起蚊帐,只见那渔妇靠在门框睡得正熟,一只黑猫蹬过她厚实的赤脚,一蹭上了街。蜡烛快燃尽了,小小的火焰犹如一面小旗,飘动、展开、垂落……

我在那天下午出生,妈妈那天看见了什么,谁知道呢,但从此我便有了"精灵儿"的绰号。

满月之后,绸缎庄老板把他的三小姐和外孙女一同接回大都市。我那常在地方小报上发点歪诗的爸爸,抱着他馨发黑黑、肤色雪白的"精灵儿",在花园回廊上大叫:"女神,我的女神。"尽管后来女神长成了丑八怪,但父亲对我的溺爱有增无减,原因也和我的"精灵"有关。走在街上专挑沟沿、栏杆走;上树;和男孩子去钓鱼;吊在龙眼树上偷嘴,都有我的份。尤其我们的家在政治风云中遭难之后,妈妈遇事总得和我商量,在她高兴或不高兴的时候,夸我也好,骂我也好,常是一声"精灵鬼"。

有一天我要填履历了,妈妈告诉我籍贯要写泉州。什么?我明明出生在石码嘛!泉州我随爸爸去过,我一点不喜欢。泉州是一条又一条绕来绕去绕个没完的小巷,一张又一张据说是亲属而又从未见过面的脸孔。我惟一感兴趣的是爷爷和奶奶的洞房,但那已被我叫不出辈份的族亲翻修一新,邓丽君在那儿领导新潮流。籍贯在泉州是多暗淡呀。

而我的石码镇白天有慷慨热烈的阳光,存在石缝,流在海滩,到了晚上就发酵成浓浓的酒香。清冷的月牙儿像一弯快镰,收割一簇一簇浪花,波涛吃吃的笑着,纠缠着苍白的石阶。码头边泊着小小的渔船，透过船篷是红红的灯，看得见古铜色的脊梁护卫着一窝甜甜的梦，梦中的渔家孩子像黑鳗一样扭动着。啊，咸味的梦和大海息息相关。

让我籍贯一栏藏着我的渔镇吧，今天填乡音如缕，明天填南曲一管。我在我自己的热爱中，吮吸爸爸妈妈的回想，丰满了我出生的那一块热土。

过了许多年，我在一些场合认识了不少石码人，他们热情地邀请我去玩，并且告诉我，再也没有石条街了，都成了柏油路，那种古堡似的老房子怕也不在了，甚至鱼也少了，现在镇上的主要经济是工厂。

终于有一天，我把一张六角钱的船票端详了许久。六角钱，这么简单，一艘突突突弥漫着汽油味的小机轮就能把人带过三十二年辽阔的怀想，抵达梦之湾吗?

三十二年，小镇的人与事也在我的思念中成长与凋谢。我常想那一只那么残酷地掴我屁股蛋的蒲扇大手，现在一定像老树皮那样搁在膝上，还会有孩子愿意听他讲陈年烂芝麻吗：三十多年前，有位爱抹眼泪的“先生娘”在这儿养了个哭不出声的精灵儿……街角的碗匙敲击声，还一样有节奏地诱惑行人夜归的脚步吗?但卖鱼丸汤的定不是那爱咳两声的老头，该是他的儿子或孙子了。虽然那胡椒味儿，那葱花香，是我在胎里就熟悉了的。

我的手一松，绿色的船票顺着波涛一耸一耸漂走……

让那新建的公寓大楼替代我那秘藏无数鬼魅传闻的老房子吧；让渔民综合企业公司孵出一批一批羽毛斑斓的青年姑娘吧；让穿木屐的脚都套上三接头皮鞋，迪斯科在大街飘扬起乔其纱和红领带吧；让所有的孩子都出生在那样一个热烈、明朗、高速度的现代化都市吧!

只是在我的感情里永远有一扇开着的小门，像一个简朴的画框，嵌着那天的阳光，那条市声喧喧的石条街，和一个“精灵儿”三十二年绵绵的眷念。

美丽的石码　永远的故乡

◇赏析/冉彩虹

作者写了自己的故乡——石码。这是她心目中保存多年而又屡加雕饰的渔镇风情，借文章寄托她的一缕乡思，抒发了郁积在她心中多年的一缕情愫。

因舒婷是一位诗人，所以写出的散文具有一种韵律感，充满了诗情画意。写出的文字，格外精炼，格外惟美。如："沿海一个小小的渔镇，螺号吹出一股一股沁凉的晨雾。"——"螺号"吹出了"晨雾"，让人浮想联翩。

"阳光渐渐炽热起来，石条街像一条流动的火河。"——这夸张的比喻将炎热的小镇写得让人觉得身临其境，也有灼热之感。

"而我的石码镇白天有慷慨热烈的阳光，存在石缝，流在海滩，到了晚上就发酵成浓浓的酒香。清冷的月牙儿像一弯快镰，收割一簇一簇浪花，波涛吃吃的笑着，纠缠着苍白的石阶。"——这诗的意象，诗的语言，使得在充满韵律感的句子中，跃动着不断变幻的意象。